KB094559

Mr. WILLIAM
SHAKESPEARE

헨리 4세 1부
The History of Henry the Fourth

국립중앙도서관 출판시도서목록(CIP)

헨리 4세 1부 / 셰익스피어 지음 ; 김정환 옮김. ― 서울 : 아침이슬, 2012
    p. ;   cm. ― (셰익스피어 전집 ; 16)

원표제: The History of Henry the Fourth
원저자명: William Shakespeare
영어 원작을 한국어로 번역
ISBN 978-89-6429-124-5 04840 : ₩10000
ISBN 978-89-6429-132-0(세트)

영국 희곡〔英國戱曲〕

842-KDC5
822.33-DDC21   CIP2012004212

헨리 4세 1부
The History of Henry the Fourth

헨리 4세 이야기

셰익스피어 지음 | 김정환 옮김

아침이슬

등장인물

헨리 4세 왕

해리 왕세자 웨일즈 공('왕세자'), 애칭 할 ⎫
랭커스터의 존 영주 ⎭ 헨리 왕의 아들들

웨스트모얼랜드 백작

월터 블런트 경

우스터 백작

노섬벌랜드 백작 그의 동생 퍼시

핫스퍼('성급한 자') 노섬벌랜드의 아들 헨리 퍼시

퍼시 부인 핫스퍼의 아내 케이트

모티머 영주 마치 백작, 퍼시 부인의 오빠 에드먼드

모티머 부인 그의 아내

오웬 글렌다워 모티머 부인의 아버지

더글라스 백작

리처드 버논 경

대주교 요크 대주교 스크로우프

마이클 경 대주교의 식솔

헨리 왕에게 맞선 역도들

존 폴스타프 경

에드워드 (네드) 포인즈

바돌프

피토

여주인 미세스 퀴클리('재빨리'),
             이스트칩(동쪽싸구려)의 한 여인숙 여주인

프랜시스 술집 급사

포도주 양조업자

해리 왕세자의 동패들

개즈힐('쏘다니는 언덕')

짐꾼들

집사

마부

여행객들

보안관

전령들

하인

대신들, 병사들

대사에 나오는 외국 명

포이보스 태양신 아폴로의 별칭

히블라 꿀로 유명한 시칠리 지역 이름

캠비시스 왕 기원전 6세기의 페르시아 왕. 페르시아 해군을 처음 창설하고 이집트를
   정복함.

멀린 전설적인 웨일즈의 예언자이자 마법사. 아서 왕의 궁정 음유 시인.

머큐리 로마 신화의 전령신

페가수스 그리스 신화에 나오는 날개 달린 말

마르스 로마 신화의 군신

제1막

오, 속설이 사실로 드러나
어떤 밤도둑 요정이
요람 옷의 우리 아이들 위치를 서로 바꾸어 놓고
내 아이를 퍼시로, 그의 아이를 플랜타저넷으로 부르게 한 거라면 좋으련만!

1막 1장

런던, 궁정

헨리 왕, 랭커스터의 존 경, 그리고 웨스트모얼랜드 백작, 다른 대신들과 함께 등장

헨리 왕 우리가 너무도 충격을 받고, 심려로 너무도 야위었으니,
　　　잠시 시간을 내어, 깜짝 놀란 평화가 헐떡거리고
　　　가쁜 숨을 몰아쉬며, 새로운 분쟁이
　　　머나먼 성지 해변에서 터졌다는 말 전하게 합시다.
　　　더 이상 이 땅의 바싹 마른 입이
　　　그녀 입술을 자기 자신의 피로 풀칠해서는 안 될 것이오.
　　　더 이상 전쟁의 면도날이 그 들판을 쟁기질해서는 안 될 것
이고,
　　　그녀의 어린 꽃들을 상채기 내서도 안 될 것이오, 증오하며
　　　내닫는 말발굽으로. 서로 적대하는 그 눈들이,
　　　심상찮은 하늘의 유성들처럼,
　　　하나의 성질, 하나의 본질에서 나온 것인데도,
　　　최근 내란의 충격과
　　　성난 백병전의 시민 학살로 만났으나,
　　　이제는 서로 질서정연한 대오로
　　　모두 한 길을 행진해야 하고, 더 이상 적대하면 안 될 것이

오,

지인과, 친척과, 동료들을 말이오.

전쟁의 날이, 칼집에 잘못 꼽힌 칼처럼,

더 이상 그 주인을 다치게 해서는 안 되오. 그러므로, 친구
들이여.

그리스도의 무덤이 있는 곳까지―

이제 그분의 군대로, 그분의 축복받은 십자가를 들고

우리가 소집되어 싸우게 되었는바―

즉시 잉글랜드 군대를 징집해야 하오.

왜냐면 병사들의 두 팔이 그들 어머니의 자궁 속에서 주조
된 것은

이 이교도들을 그 거룩한 들판에서 몰아내기 위함이고

그 들판은 축복받은 발이 걷던 들판이며

그 발은 1천 4백 년 전 쓰라린 십자가에 못 박혀

우리를 위했음이라.

하지만 우리의 이 계획은 벌써 1년이나 된 것이니,

출정하자는 말조차 새삼스럽소.

그것 때문에 우리가 만난 것도 아니고. 그러니 말해 보시오

그대, 나의 고결한 친척 웨스트모얼랜드,

어젯밤 우리 추밀원이 어떤 조치를 내려

이 긴박한 원정을 추진키로 했는지.

웨스트모얼랜드 폐하, 이 현안에 대해 긴급한 토론이 벌어졌고,

부담할 것에 대한 숱한 세부 사항도 정해졌으나

어젯밤, 그 모든 것을 거스르며

웨일즈에서 급한 전령이, 무거운 소식을 들고 왔사온데,

그중 최악의 내용은 고결한 모티머가,

헤러포트셔 백성들을 이끌고,

무질서하고 난폭한 글렌다워에 맞서 싸우다가

그 웨일즈인의 조야한 손에 사로잡혔고,

천 명의 병사들이 도륙당했으며,

그 시신들이 엄청 훼손되고,

웨일즈 여인들이 짐승 같은 짓을

어찌나 후안무치하게 저질러 놓았는지

엄청난 수치심 없이는 다시 말하거나 언급할 수 없을 지경

이라 하였습니다.

헨리 왕 그렇다면 이 분쟁 소식이

에루살렘을 위한 우리 일을 망쳤다는 얘기인데.

웨스트모얼랜드 다른 문제도 있고 해서 그렇게 되었습니다, 은혜

로우신 폐하,

더 당혹스럽고 반갑지 않은 소식이

북쪽에서 왔거든요. 그리고 그 내용은 이렇습니다.

성십자가 날, 즉 10월 14일 그곳에 있던 그 씩씩한 핫스

퍼—

젊은 해리 퍼시—가 용감한 아치볼드,

언제나 과감하고 훌륭했던 그 스코틀랜드인과,

호움던에서 만나,

지독하고 피비린 시간을 보낸 것 같습니다,

대포 소리가 요란했다는,

소식이 전해진 모양새로 보아 그렇습니다.

소식을 전한 사람은 전투가 한참

　　　　　진행 중일 때 말을 잡아탔기 때문에,

　　　　　결과가 어찌 되었는지는 모른다 하고요.

헨리 왕　여기 이 소중하고, 참으로 근면한 친구,

　　　　　월터 블런트 경이, 방금 말에서 내리셨소,

　　　　　호움던과 여기 우리가 사는 곳 사이

　　　　　온갖 흙먼지를 뒤집어쓴 채.

　　　　　그리고 그가 짐에게 기분 좋고 환영할 만한 소식을 가져왔

소이다.

　　　　　더글라스 백작이 패주했소.

　　　　　만 명의 용감한 스코틀랜드인, 스물두 명의 기사들이,

　　　　　스스로 흘린 피 속에 시체 더미로 쌓여 있는 것을 월터 경이

보았다 하오

　　　　　호움던 평원에서. 핫스퍼가 사로잡은 포로는

　　　　　모데이크, 파이프 백작이자 장자죠

　　　　　패전한 더글라스의, 그리고 아톨,

　　　　　모레이, 앵거스, 그리고 맨티스 백작 등이오.

　　　　　그야말로 명예로운 노획품,

　　　　　근사한 전리품 아니겠소? 하, 친척, 안 그래요?

웨스트모얼랜드　참으로, 군주로서 자랑할 만한 승리입니다.

헨리 왕　그렇소, 그리고 그대의 말이 날 서글프게 하고, 죄짓게 하

는구려

　　　　　질투가 나니 말이오, 나의 노섬벌랜드 경이

　　　　　그토록 축복받은 아들의 아버지라는 것이―

　　　　　명예의 혀가 주제로 삼을 만한 아들 아니겠소,

　　　　　작은 숲에 가장 꼿꼿한 나무고,

달콤한 운명의 총아이자 자랑이고 말이오—

반면 나는 그를 찬미하면서

보게 되는 것이오. 방종과 불명예가 더럽히는

내 아이 해리의 이마를. 오, 속설이 사실로 드러나

어떤 밤도둑 요정이

요람 옷의 우리 아이들 위치를 서로 바꾸어 놓고

내 아이를 퍼시로, 그의 아이를 플랜타저넷으로 부르게 한 거라면 좋으련만!

그렇담 난 그의 해리를, 그리고 그는 나의 해리를 아들로 둘 수 있을 텐데.

하지만 그 아이 생각은 접어 둡시다. 어떻게 생각하시오, 친척,

이 젊은 퍼시의 오만을? 이 전투에서

사로잡은 포로들을

그가 사사로이 소유하고 있소, 그리고 내게는

파이프 백작 모데이크만 보내주겠다는 거요.

웨스트모얼랜드 그건 그의 큰아버지가 시켜서 그러는 겁니다. 이 우스터란 자는,

사사건건 폐하께 악의를 품게 되어 있는 바,

호심탐탐 기회를 노리다가, 부추기는 거죠.

이 청년이 닭볏을 꼿꼿이 세우고 폐하의 권위에 도전하게 끔.

헨리 왕 하지만 난 그에게 답변을 요구하는 전령을 보냈소.

그리고 이 문제 때문에 잠시 우리는 미뤄야겠소

예루살렘을 향한 짐의 신성한 결심을.

친척, 오는 수요일 추밀원을
윈저 성에서 엽시다. 대신들께 그리 알려 주시오.
하지만 친척께서는 서둘러 다시 내게로 오시오,
화가 나서 한 얘기
이상의 것을 의논하고 또 처리해야겠으니.

웨스트모얼랜드 그리하겠습니다, 폐하.

　　　헨리 왕, 랭커스터, 그리고 다른 대신들이 한쪽 문으로, 웨스트모
　　　얼랜드는 다른 쪽 문으로 퇴장

1막 2장
런던, 왕세자가 사는 셋방 집의 한 방

웨일즈 공 해리와 존 폴스타프 경 등장

폴스타프 　지금, 할, 몇 시나 됐나, 으응?

해리 왕세자 　너는, 스페인산 백포도주 때려마셨지, 거하게 저녁 먹
고 단추 풀었지, 그리고 벤치에서 오후 내내 퍼자다니, 머리
가 너무 뚱하고 멍해서 정말 알고 싶은 것을 정말 물어보는
법도 까먹은 모양이구나. 지금이 몇 시든 너하고 대체 무슨
상관이 있냐? 몇 시가 포도주 잔 개수고, 몇 분이 거세한 수
탉 마릿수고, 시계가 뚜쟁이 혓바닥이고, 시계 얼굴이 몸 푸
는 집 간판이고, 축복받은 태양 그 자체가 불꽃 색깔 비단옷
의 아름답고 뜨거운 창녀라면 모를까, 영문을 도무지 모르겠
군, 왜 네가 쓸데없이 시간 같은 걸 묻는지.

폴스타프 　참으로 예리한 질문이구나, 할, 왜냐면 우리 같은 소매
치기들은 달빛과 일곱 묘성으로 시간을 알지, '포이보스, 그
분, 너무나 아름다운 방랑의 기사' 따위로 재지 않으니까. 그
러니 청컨대, 귀여운 불량소년, 네가 왕이 되면, 하나님이 너
의 미덕 보우하사 말이지―'폐하'라 해야겠군, 은총이니 미덕
같은 게 너한테 있을 리 없으니―

해리 왕세자 　뭐라, 없다구?

폴스타프　없지, 내 믿음을 걸고, 코에 와 닿는 달걀 프라이 냄새만큼도 없어.

해리 왕세자　그렇다 치고, 그때 뭐? 말해 봐, 본론을, 단도직입적으로.

폴스타프　맹세코 그때, 귀여운 불량소년, 네가 왕이 되면 우리는 밤의 기사 호위 시중이니까 낮의 아름다움을 도둑질하는 놈 취급 말게. 우릴 '다이애나의 수풀지기', '음지의 신사들', '달님의 총아'라 불러 주고, 사람들이 우리를 바른 행동 사나이라 부르라 그래 주게, 왜냐면 우리 행동은, 바다가 그렇듯, 우리의 고결하고 정숙한 여주인 달님의 명에 따른 것이고, 그분 얼굴의 보호 아래 우리가 뭘 훔치는 것이거든.

해리 왕세자　너 말 잘한다, 비유도 적절하고 말야, 왜냐면 달의 부하인 우리들의 운은 바다처럼 밀물 썰물을 반복하니까, 바다처럼 달의 지배를 받아서 말이지. 그 증거를 들어 볼까. 월요일 밤 참으로 큰맘 먹고 금화 지갑을 냅다 훔쳐서는, 화요일 아침 참으로 방탕하게 써 버리지. '내려놓거라!' 고함을 질러 빼앗고, '들여오너라!' 소리 지르며 써 버려. 이제 사닥다리 맨 밑처럼 낮게 썰물이 지고, 점차점차 물이 불어서는 교수대 가로장에 이르는 거야.

폴스타프　정말, 맞는 말이다, 청년. 근데 그 하숙집 여주인 년 정말 달콤하지 않던?

해리 왕세자　히블라산 꿀맛이더라, 주정뱅이 껄렁패 늙은이야. 근데 그 간수 제복 가죽은 감이 정말 근사하고 질기지 않던?

폴스타프　그게 무슨, 그게 무슨 소리야, 이 불량소년이 미쳤나? 내가 염병할 그 간수 제복과 무슨 상관이냐? 뭐야, 어영부영

말재간 한번 부려 보겠다 이거냐?

해리 왕세자 그럼, 내가 빌어먹을 그 여인숙 여주인과 무슨 상관이냐?

폴스타프 그건, 네놈이 그 여자 숱하게 불렀으니까, 계산 어쩌고 하면서.

해리 왕세자 니가 먹은 값 내가 언제 너더러 내라고 하디?

폴스타프 아니지, 네 몫을 내가 새치기하면 되겠나, 네가 다 해야지.

해리 왕세자 그럼, 내 가진 돈으로 되면 다른 경우도 그랬고, 안 되면, 외상을 달았고 말야.

폴스타프 그랬지, 그리고 그 외상이란 게 네가 명백한 상속자라는 게 명백하니까 되는 거지―근데 부탁 하나 하겠네, 귀여운 불량소년, 잉글랜드에 교수대가 꼭 있어야겠나 네가 왕이 됐을 때, 그리하여 우리 같은 용사의 기를 그 미친 노인에 불과한 법의 녹슨 재갈로 죽여야겠어? 네가 왕 되면 도둑을 교수형 시키지 말아라.

해리 왕세자 난 안 하지, 네가 하게 될 거야.

폴스타프 내가? 오, 멋지군! 정말, 난 근사한 옷을 걸친 판관일 거야.

해리 왕세자 벌써 오판을 하시는군. 내 말은 네가 도둑놈들 교수형을 담당할 거라는 얘기야, 멋진 교수형 집행관이 된다는 얘기지.

폴스타프 좋아, 할, 좋다구. 어떻게 보면 그 일도 내 기질에 맞지, 궁정 생활만큼이나.

해리 왕세자 사형수 옷 챙기는 재미 말야?

폴스타프 그럼, 그 옷이 어딘데, 그래서 교수형 집행인 입성 모자
    랄 날 없다잖나. 제기랄, 울적하군, 암컷 좇는 수고양이처럼,
    혹은 개들한테 시달리는 매인 곰처럼.

해리 왕세자 혹은 늙은 사자처럼, 혹은 연인의 현악기처럼.

폴스타프 그래, 혹은 단조로운 링컨셔 백파이프 소리처럼.

해리 왕세자 토끼고기를 먹은 슬픔, 혹은 런던 성벽 밖 무어 도랑
    의 우울은 어때?

폴스타프 참으로 고약한 비유군, 그리고 너는 정말 비유가 재빠
    른, 가장 악랄하고 귀여운 젊은 왕세자님이시고 말야. 하지만
    할, 부디 더 이상 쓸데없는 일로 날 성가시게 말아 다오. 너와
    내가 어디로 가면 좋은 평판이라는 물품을 살 수 있는지 알
    면 얼마나 좋겠어. 일전에 추밀원의 한 늙은 대신이 거리에서
    자네, 왕세자님 얘기를 하더라구, 하지만 난 귀담아듣지 않았
    어. 그렇지만 아주 현명한 얘기였어. 그러나 난 거들떠듣지
    않았지. 그렇지만 아주 현명한 말이었다구, 그것도 길거리에
    서 말야.

해리 왕세자 잘했네 뭐, 현자가 거리에서 외쳐도, 아무도 신경 쓰
    지 않노니, 그런 말 있잖아.

폴스타프 오, 너 정말 성경 말씀으로 영혼을 망가트릴 솜씨로구
    나, 정말 성자도 타락시킬 수 있겠어. 너는 내게 커다란 해악
    을 끼쳤어, 할, 하나님께서 그걸 용서해 주셔야 할 텐데. 너를
    알기 전에는, 할, 내가 아무것도 몰랐단다. 그런데 지금 나는,
    진실로 말하자면, 사악한 인간 중 하나라고 해야 하지 않겠
    나. 난 이런 생활을 그만둬야 해, 그만둘 거구 말야. 정말, 그
    만두지 않으면, 난 악당이지. 기독교 국가에서 왕의 아들 때

문에 저주를 받을 신세라니.

해리 왕세자 내일은 어디서 지갑을 슬쩍한다, 잭?

폴스타프 맹세코, 골라만 잡으라구, 청년! 나도 낄 거야. 끼지 않으면, 날 악당 취급하고 공개 망신을 줘도 좋아.

해리 왕세자 거참 훌륭한 갱생도 다 보았다, 기도에서 지갑 소매치기로 말야.

폴스타프 아니, 할, 그건 내 직업인데, 할. 사람이 맡은 바 소명에 힘쓰는 건 죄가 아니지.

〔포인즈 등장〕

포인즈! 이제 알 수 있겠네 개즈힐이 강도 계획을 세웠는지. 오, 사람이 자기가 한 일에 비추어 구원을 받는다면, 지옥의 어떤 구멍이 이자한테 충분히 뜨거울까? 이자는 이제껏 정직한 사람한테 '꼼짝 마!'라고 외쳤던 그 누구보다도 전지전능하다구.

해리 왕세자 안녕하신가, 네드.

포인즈 안녕하신가, 귀여운 할. 〔폴스타프에게〕 양심의 가책 선생께서는 뭐라 하시나? 존 경, 설탕 백포도주꾼 잭 경께서는? 악마와 자네는 자네 영혼을 어쩌기로 합의했는가, 자네가 지난 성금요일 날 마데이라산 백포도주 한 잔과 식은 거세 수탉 다리 한 개 받고 팔아넘긴 그 영혼은?

해리 왕세자 존 경은 자기 말에 책임을 지는 사람이야, 악마는 거래대로 할 거고, 왜냐면 이런 속담을 한 번도 깬 적이 없거든. 악마는 악마 몫을 갖게 마련이다.

포인즈 〔폴스타프에게〕 그렇다면 넌 악마와 약속을 지키느라 저주받는구나.

해리 왕세자 아니면 악마를 속인 죄로 저주받은 신세거나.

포인즈 근데 이보게, 이보게들, 내일 새벽 네 시에, 쏘다니는 언덕을, 봉헌물 그득 싣고 캔터베리로 가는 순례자들, 그리고 두둑한 지갑 차고 런던 가는 상인들이 지나간대요. 자네들 복면을 내가 마련했거든, 말은 각자 마련하라구. 개즈힐은 오늘밤 로체스터에서 잔대. 내일 밤 저녁 식사는 내가 이스트칩에 주문해 놓았고. 잠자는 것만큼이나 안전하게 해치울 수 있다구. 같이 간다면, 내 자네들 지갑을 금화로 꽉 채워 주고, 안 가겠다면, 집에 처박혀 목이나 매든지.

폴스타프 어림없는 소리, 에드워드, 만일 내가 집에 처박혀 못 가게 된다면, 가는 네놈 목을 내가 매겠지.

포인즈 까고 있냐, 그 비대한 볼따구로?

폴스타프 할, 너도 끼겠나?

해리 왕세자 누구, 내가 훔치라구? 내가 도둑질을? 안 되지 나는, 절대로.

폴스타프 너란 놈은 명예도, 사내다움도, 훌륭한 우정도 없구나, 왕의 피를 물려받았을 리도 없지, 10실링짜리 금화가 로얄인데 그렇게 기가 죽는 걸 보니.

해리 왕세자 그렇담 좋아, 평생에 한 번쯤 물불 안 가려 보는 것도 좋겠지.

폴스타프 아무렴, 그래야지.

해리 왕세자 좋았어, 무슨 일이 있어도, 난 집에 머물겠어.

폴스타프 맹세코, 그렇담 난 반역자 할 테다, 네가 왕일 때.

해리 왕세자 그러거나 말거나.

포인즈 존 경, 부디 왕세자와 나를 잠시 우리끼리 놔두게. 그가 왜

이 일에 가담해야 하는지 내가 조목조목 설명을 할 테니.

폴스타프 　그러지 뭐, 하나님께서 너한테는 설득력을 그리고 그에게는 조언에 열린 귀를 주시기를, 그래야 자네 말이 감동을 주고 그의 귀가 알아먹지를 않겠나, 진정한 왕자라면, 재생산을 위해, 기만적인 도둑놈 노릇도 해야 한다는 거. 요즈음 악행은 가난해서 고위층 후원을 요한단 말씀이야. 난 가네. 이스트칩에서 보세.

해리 왕세자 　안녕, 늙은 봄 오빠. 안녕, 만성절 때아닌 여름 날씨 선생.

　　　　폴스타프 퇴장

포인즈 　자, 착하고 새콤달콤한 우리 나리, 내일 나와 함께 말을 타자구. 유쾌한 장난거리를 마련했는데 나 혼자서는 못하거든. 폴스타프, 피토, 바돌프, 그리고 개즈힐이 우리가 미리 매복시킨 사람들을 털게 하는 거야—당신하고 난 거기 있지 않을 거야—그러니까 그들이 전리품을 챙길 때쯤 우리가 그들을 다시 터는 건데, 만약 실패하면, 이 모가지를 내 어깨에서 떼어 버려도 좋다구.

해리 왕세자 　하지만 출발 도중 어떻게 갈라서려구?

포인즈 　그게 아니고, 우리가 그들보다 먼저 혹은 나중에 출발하면서 그들에게 만날 장소를 정해 주고, 우린 거기로 안 가면 되는 거야. 그리고 그러면 그들이 직접 해보겠다고 나서겠지, 그리고 그들이 그 일에 성공하는 순간 우리가 덮쳐 버린단 말야.

해리 왕세자 　그렇지만, 그들이 우리를 알아챌 텐데, 우리가 탄 말이며, 복장, 그리고 다른 모든 항목들로 보아, 우리 자신이라는 걸 말야.

포인즈 츳, 우리 말을 그들이 볼 수가 없어—내가 숲에다 묶어 둘 거거든. 복면은 그들과 헤어진 후 바꾸면 돼. 그리고, 이보게나, 내가 목화 풀 먹인 아마포를 준비해 놓았다네, 알려진 우리 복장을 감추려고 말야.

해리 왕세자 하지만 그들이 겁나게 달려들지 않을까.

포인즈 그들 중 두 사람은, 여태껏 등 돌리고 달아나 본 자 누구 못지않은 타고난 진짜배기 겁쟁이고, 세 번째로 말하자면, 그가 승산도 안 보이는데 싸우겠다고 나서면, 내가 무사 노릇을 그만두지. 이 장난의 백미는 바로 이 뚱뚱한 놈이 저녁 식사 때 만나 우리한테 떠벌일 무궁무진한 거짓말이지. 최소한 30명과 맞붙었다는 둥, 이렇게 피하고, 저렇게 공격했다는 둥, 죽을 뻔할 때까지 갔다는 둥. 그리고 이 말을 반박하는 게 재미의 핵심이라구.

해리 왕세자 좋아, 나도 같이 가지. 필요한 걸 모두 구해 줘, 그리고 내일 밤 이스트칩에서 만나자구. 거기서 저녁을 할 테니까. 잘 가게.

포인즈 잘 가시게, 나리. 〔퇴장〕

해리 왕세자 난 너희들을 모두 알지. 그리고 당분간 떠받쳐 줄 테다

　　게으른 너희들의 고삐 풀린 수작들을.
　　하시만 그런 식으로 난 태양을 흉내 내는 거지,
　　왜냐면 태양이 비천한 전염의 구름들이
　　자신의 아름다움을 덮고 세상으로부터 차단시키는 걸 그냥

두는 까닭은,
  다시 본 모습을 보이고 싶을 마음일 때,
  사람들이 보고 싶어 하니까, 더 놀라운 모습으로
  돌파하기 위해서거든, 그 더럽고 추한,
  그를 질식시키는 듯했던 그 증기의 안개를 말이지.
  일 년이 온통 노는 휴일이라면,
  놀이는 노동 못지않게 지겨울 것이다.
  하지만 휴일이 드물면, 그날은 바라 마지않는 식으로 온다,
  드문 일만 재미를 유발하는 법이고.
  그렇게 내가 이 느슨한 생활을 떨쳐 버리고,
  진 적도 없는 빚을 갚으면,
  나는 나의 말보다 훨씬 더 나은 사람 아니겠는가,
  아주 크게 사람들의 예상을 깨부수지 않겠는가.
  그리고 침침한 배경의 찬란한 금속처럼,
  나의 개과천선은, 내 잘못을 배경으로,
  보다 더 훌륭해 보이고 더 많은 시선을 끌 것이다
  돋보이게 하는 그 무엇이 없을 경우보다.
  나는 잘못이 기술이 되는 식으로 잘못을 해 나갈 테다,
  시간을 만회하는 기술, 그럴 가능성이 가장 낮아 보일 때 만
회하는.

        퇴장

1막 3장

왕의 거처, 아마도 윈저 성

✻⟶

왕, 노섬벌랜드 백작, 우스터 백작, 핫스퍼, 월터 블런트 경이 다른 대신들과 함께 등장

헨리 왕 〔핫스퍼, 노섬벌랜드, 그리고 우스터에게〕

　　내 피가 너무 냉정하고, 침착했도다.

　　이런 모욕을 당하고도 솟구치기를 꺼리다니,

　　그리고 그대들은 그 점을 간파했소, 그에 따라

　　그대들이 내 인내심을 짓밟았으니. 하지만 분명히 알아 두시오

　　이제부터 나는 왕으로서,

　　강력하고 두려웁게 처신할 것이오, 나의 천성은 버리고,

　　나의 천성이 기름처럼 매끄럽고, 어린 솜털처럼 부드러웠으니,

　　오만한 영혼이 오로지 위풍당당한 이들한테만 표하는

　　존경의 칭호를 잃게 되었소.

우스터　저희 가문은, 저의 주군이신 폐하, 억울하옵니다,

　　그토록 위대한 분의 채찍질을 당할 죄를 진 바 없사옵고,

　　바로 그 위대함 또한, 우리 자신의 손으로

　　거들어 그 위엄을 갖추신 것이온데요.

노섬벌랜드 〔왕에게〕 폐하—

헨리 왕 우스터, 물러가라, 내가 보나니

　　그대 두 눈에 깃든 위험과 불복을.

　　오 이자야, 너의 언행이 어찌 이리 당돌하고 오만하단 말이

냐,

　　이제까지 어떤 군주도 겪어 보지 못한

　　언짢은 전선을 이마 위에 그리고 있다니.

　　당장 물러가거라. 짐이 필요하면

　　너를 불러 너의 쓸모와 의견을 구할 것이니.

　　　　　〔우스터 퇴장〕

　　그대가 말을 하려던 참이었소.

노섬벌랜드 예, 훌륭하신 저의 폐하.

　　폐하께서 인도를 요구하신 그 포로들,

　　해리 퍼시가 호움던에서 사로잡은 그 포로들은,

　　그의 말에 의하면, 너무 강하게 인도를 거부한 것으로

　　폐하께 보고되었다 하옵고,

　　누군가 악의로 혹은 착오로

　　그렇게 한 것이지, 제 아들과는 무관한 일이옵니다.

핫스퍼 〔왕에게〕 폐하, 저는 결코 포로 인도를 거부하지 않았습니

다,

　　하지만 기억납니다. 전투가 마무리되었을 때,

　　제가 분노와 극단적인 싸움으로 목이 타고,

　　기진맥진하여, 제 칼에 몸을 기대고 있을 때,

　　어떤 대신이 다가왔는데, 단정하고 말쑥한 차림에,

　　신랑처럼 싱싱하고, 턱은, 방금 수염을 깎아,

추수 끝나 그루터기만 남은 벌판 같았습니다.

그는 여성 모자 파는 사람처럼 향수 냄새를 풍겼고,

엄지와 검지 사이

향수병을 끼고, 때때로 그것에

코를 갖다 댔다 다시 떼었다 하였는데―

그래서 감질난 코가 다음번에 갖다 댔을 때는

훅하고 들이마시더이다―여전히 그는 웃고 떠들고 그랬구
요.

그리고 병사들이 시신들을 옮겨 가는데,

그는 그들더러 무식한 것들이, 무례하게

더럽고 추한 시체들을

바람과 높으신 분 사이로 갖다 놓는다며 욕을 퍼부어 댔습
니다.

휴일과 여자한테나 어울릴 갖은 언사로

그가 시시콜콜 따져 묻는데, 그러던 중 요구하는 거였습니
다.

나의 포로를 폐하께 양도하라구요.

제가 그때, 상처가 식으면서 온통 쑤시는 판에―

그런 맵시 수다꾼한테 시달림을 당했으니!―

너무 고통스럽고 짜증이 나서

답변을 아무렇게나 해 버렸습니다. 뭐랬는지 모르겠어요―

그에게 데려가라 했는지, 안 된다 했는지―그자가 날 미치
게 했다니까요.

그렇게 활짝 핀 맵시에, 그렇게 달콤한 냄새를 풍기고,

아주 귀부인 시녀처럼 떠들어 대는 거예요

대포가 어떻고, 북이 어떻고, 또 상처 애기를 하는데, 하나
님 맙소사!

　　내상에는 고래 뇌만 한 약이

　　지구상에는 없답디다,

　　그리고 정말 유감이래요, 그자 말이,

　　이 못된 화약 초석을

　　순진한 대지의 내장에서 캐낸 것이 말예요,

　　그것이 숱한 용감한 사람들을 죽였다는 거죠,

　　아주 비겁하게 죽였대요, 그리고 이 흉악한 대포만 없었더
라면

　　자기도 군인이 되었을 거라나요.

　　그자의 이런 되도 않는 헛소리 때문에, 폐하,

　　제가 답변을 애매모호히 하게 되었나이다. 말씀올린 대로,

　　그러니 청컨대, 그의 보고가

　　고소의 유효한 증거로

　　저의 사랑과 드높은 폐하 사이에 끼어들게 마소서.

블런트　〔왕에게〕 정황을 참작건대, 훌륭하신 폐하,

　　그 당시 해리 퍼시 경이 무슨 말을 했건

　　그런 자에게, 그런 장소에서,

　　그런 때에, 앞서 말한 기타 등등의 사정으로 인한 것이라면,

　　소멸되어야 마땅하고, 다시 살아나

　　그에게 위해를 가하거나 어떤 식으로든 탄핵하면 안 될 것
입니다,

　　그 당시 한 말을, 그가 지금 그것을 철회한다면.

헨리 왕　아니, 어쨌든 그가 포로 인도를 거부하고 있잖소,

조건을 내세우면서 말이오,
짐이 짐 자신의 부담으로 즉시 몸값을 치르고
그의 처형인 멍청이 모티머를 빼 오라는 조건인데,
이자는, 내 영혼을 걸고 맹세하지만, 고의로 배신하였소
자신이 그 엄청난 마법사, 저주받은 글렌다워와 맞서
싸우겠다며 이끌고 간 병사들의 목숨을—
그리고 글렌다워의 딸과, 우리가 듣기로, 그 마치 백작은
최근 결혼을 했다고 하오. 짐의 국고가, 그렇다면,
반역자를 집으로 데려오기 위해 비어져야 한단 말이오?
짐이 반역을 사들이고, 두려워할 만한 자들과 거래를 해야
한단 말이오,
그들이 스스로 길을 잃고 스스로 박탈당했는데도?
아니지, 메마른 산맥에서 그가 굶어 죽게 하시오.
나는 그 누구도 나의 친구로 여기지 않을 것이다.
혀를 놀려 단돈 1페니라도 몸값을 지불하고
그 모반자 모티머를 데려오자고 청하는 자는—
핫스퍼   모반자 모티머?
그는 결코 배반한 것이 아닙니다, 저의 주군이신 폐하,
전쟁의 운이었을 뿐. 그 사실을 증명하는 데는
그 모든 상처를 대변하는 하나의 입으로 족합니다,
입을 벌린 그 상처들, 용감하게 그가
부드러운 세번 강의 늪 같은 둑에서,
단신으로, 일대일로,
거의 한 시간을 소모하며
그 엄청난 글렌다워와 막상막하로 싸우며 입은 상처들 말입

니다.

세 번을 두 사람은 쉬었고, 세 번을 마셨습니다,

합의 하에, 빠르게 흐르는 세번 강 강물을,

그리고 강물은, 그들의 피투성이 얼굴에 깜짝 놀라,

질겁을 하며 달아났습니다, 몸을 떠는 갈대 사이로,

그리고 잔물결 머리를 텅 빈 둑 안에 숨겼습니다,

이 용감한 두 투사의 피로 물든 그곳에 말입니다.

아무리 닳아빠지고 부패한 간계라도

자신의 음모를 이렇게 치명적인 상처들로 위장할 수는 없지요.

고결한 모티머 또한

그토록 숱한 상처를, 모두 고의적으로 입었을 리는 없습니다.

그러니 그를 모반자라고 중상모략케 마소서.

헨리 왕 그대가 말하는 그는 사실과 다르다, 퍼시, 그대는 사실과 다른 말을 하고 있구나.

그는 글렌다워와 대적하지도 않았다. 내가 네게 말하노니,

그는 차라리 악마와 홀로 마주칠망정

오웬 글렌다워를 적으로 둘 배짱은 없었어.

부끄럽지 않은가? 어쨌든, 너는, 차후로

내 앞에서 모티머 얘기 꺼내지 말라.

가능한 최대로 빠른 수단을 써서 네 포로들을 내게 보내거라,

아니면 네가 내게서 들을 소리는

자못 불쾌한 내용이리라.—나의 노섬벌랜드 경,

짐은 그대가 아들과 함께 떠날 것을 윤허하오.

〔핫스퍼에게〕 포로들을 보내라, 아니면 경을 치게 될 것이다.

핫스퍼와 노섬벌랜드만 남고 모두 퇴장

핫스퍼 악마가 와서 내놓으라고 해도

난 그들을 보내지 않겠어요. 내가 곧장 뒤따라가서

그에게 그렇게 말할랍니다. 그래야 마음이 후련하지,

설령 내 모가지가 위험할망정.

노섬벌랜드 뭐라, 노여움에 취한 거냐? 가지 말고 잠시 여기 있어.

〔우스터 백작 등장〕

저기 네 큰아버지 오신다.

핫스퍼 모티머 얘기?

니미럴, 모티머 얘기 꺼내고말고, 그리고 내 영혼

저주받아도 좋다, 내가 그와 합류하지 않을 경우.

그를 위해 내가 이 모든 혈관을 비우고,

나의 소중한 피를 방울방울 땅바닥에 흘려서라도,

쓰러진 모티머를 들어 올리리라,

공중에 이 배은망덕한 왕만큼 드높게,

고마움을 모르고 부패한 볼링브루크만큼 말이다.

노섬벌랜드 〔우스터에게〕 형님, 왕이 형님 조카를 미치게 만들었네요.

우스터 내가 떠난 후 누가 이렇게 사태를 악화시킨 거지?

핫스퍼 그가 기어코 내 포로들을 전부 차지하겠다는군요,

그리고 내가 다시 한 번 몸값 지불을 요구했죠,

내 아내 오빠의. 그랬더니 그의 뺨이 창백해지고,

내 얼굴을 그가 죽음을 위협하는 눈빛으로 노려보았어요,

모티머의 이름만 들어도 몸을 떨면서.

우스터 그럴 만도 할 게다. 그는 선포된 바 있지 않니,

리처드, 그 죽은 왕에 의해, 왕위 계승자로?

노섬벌랜드 그랬지, 내가 그 선포를 들었어.

그러고 나서는 그 불행한 왕이,

우리가 그분께 저지른 짓을 신께서 용서해 주시면 좋겠다마

는, 출발하신 거야,

아일랜드 원정을,

그리고 그곳에서 그분이, 차단을 당하고, 돌아와

폐위당하고, 곧바로 암살당하신 거지.

우스터 그 죽음 때문에 우리는 이 세상 드넓은 인구에

치욕스럽고 추악하게 회자되고 말이야.

핫스퍼 근데, 잠깐만요, 정말 리처드 왕이 그때

나의 처형 에드먼드 모티머를 선포했어요

왕위 계승자로?

노섬벌랜드 그랬어, 내가 직접 들었다니까.

핫스퍼 그러니, 그의 친척 왕이

그가 그 메마른 산맥에서 굶어 죽기를 바랄 만도 하겠군.

하지만 두 분이 왕관을

이 건망증 심한 자의 머리에 씌어 주고도,

그를 대신해 그 혐오스러운 오명의

살인교사 혐의를 뒤집어쓴다는 게 말이 됩니까, 말이 돼요

두 분이 세상의 비난을 한꺼번에 받으며,

대리인 혹은 비천한 보조 수단으로,

밧줄로, 사다리로, 혹은 아예 교수형 집행인으로 매도된다
는 것이?

오, 용서하세요 이런 비천한 비유를,

두 분이 이 간교한 왕 아래서

어떤 수준과 범주의 취급을 당하고 계신가를 보여 드리기
위함이었습니다!

수치스럽게도 오늘날 떠들썩하게 그냥 두어야 하나요,

혹은 장차 연대기를 채우게 해야 하나요,

두 분처럼 지체 높고 힘 있는 사람이,

정당치 못한 명분을 위해 두 가지 모두 걸었다는 사실,

실제로 두 분 모두, 하나님 용서하소서, 그러셨듯이,

리처드, 그 달콤하고 사랑스러운 장미를 꺾고

이 가시 관목, 이 자벌레 해충 같은 볼링브루크를 심었다는
얘기로?

그리고 더욱 수치스럽게 얘기가 진전되어야 하나요,

두 분이 바보 취급당하고, 버려지고, 떨려났다고,

이 치욕을 두 분이 겪어 온 이유였던 바로 그자에 의해?

안 되죠, 하지만 아직 시간이 있어요 두 분이

추방된 명예를 되찾고, 스스로를

세상의 좋은 평판 속으로 복원시킬 수 있는 기회가,

복수하십시오 이 오만한 왕의

빈정대고 거드름 피우는 경멸을, 이자는 밤낮으로 연구하는
것이

어떻게 하면 두 분께 진 그 모든 빚을

두 분의 죽음이라는 피비린 지불로 없애 버릴 수 있을까뿐

인 거예요.

　그러므로, 내 말은—

우스터 그만해라, 조카, 더 이상 말하지 마라.

　그리고 이제 내가 비밀의 책 걸쇠를 벗기고,

　너의 감수성 빠른 불만에다

　중대하고 위험한 내용을 읽어 주겠다,

　위험천만하고 아슬아슬하기가

　온통 포효하는 급물살 위를

　창 하나 발디딤 삼아 건너가는 것이나 다름없는.

핫스퍼 추락하면, 작별이죠, 가라앉든 잠시 허우적대든.

　위험이 동에서 서로 난무하면 어떤가,

　명예가 북에서 남으로 그것을 차단한다면,

　그리고 둘이 한판 붙는 거지. 오, 끓는 피는

　토끼보다 사자를 더 흥분시키기 위한 것!

노섬벌랜드 〔우스터에게〕 위대한 무훈을 상상하느라

　이 아이가 참지를 못 하겠는가 봅니다.

핫스퍼 하늘에 맹세코, 조금만 도약하면

　창백한 달의 명예를 거머쥐거나,

　아니면 수심 측정선도 가닿지 못한,

　심연 밑바닥까지 잠수하여,

　익사한 명예의 머리칼을 잡고 끌어올릴 수 있을 것 같다,

　명예를 그곳에서 구해 낸 자가,

　경쟁자 없이, 그 모든 권위를 입을 수만 있다면.

　하지만 명예를 보잘것없게 나눠 먹는 건 정말 지겨운 일 아닌가!

우스터 〔노섬벌랜드에게〕 이 아이가 공상의 수사학에 빠져,

형식은 아예 뭉개 버리는군.

〔핫스퍼에게〕 착한 조카, 잠시 내 말을 들어라,

귀를 기울여 봐.

핫스퍼 죄송합니다, 제가 그만.

우스터 그 고결한 스코틀랜드인들 말이다

조카의 포로들인—

핫스퍼 내가 그들을 모두 가질 거예요.

하나님께 맹세코, 그자는 그들 중 한 명도 갖지 못할걸,

어림없다. 하찮은 거 한 명으로 그의 영혼을 구할 수 있다

해도 못 줘.

내가 그들을 지키겠어, 이 손으로.

우스터 또 시작이군,

내 얘기를 도무지 들으려 하지 않고 말이야.

그 포로들은 네가 갖게 될 것이야.

핫스퍼 아니, 내가 가질 겁니다, 사정 볼 것도 없어요.

그자가 모티머 몸값을 안 내겠다 했고,

모티머 얘기를 꺼내는 것도 금한다 하더군요,

하지만 난 잠든 그자를 찾아내서,

그자 귀에다 '모티머' 하고 외치겠어!

아니, 찌르레기를 가르쳐

'모티머' 소리만 내게 한 다음, 그걸 그자한테 주어

끊임없이 분노가 들끓게 할 테다.

우스터 글쎄, 조카, 내 말 한마디 들으래도 그러는구나.

핫스퍼 모든 궁리를 난 이 자리에서 엄숙하게 포기한다,

이 볼링브루크를 성나게 하고 괴롭힐 궁리 말고는.

그리고 일개 병사 차림으로 나다니는 그 왕세자라는 놈―

그놈 아버지가 그를 좋아하지 않고

나쁜 일이 생기기를 바라는 듯해서 그렇지―

내가 그놈 평민들과 어울려 마시는 에일 맥주잔에 독을 타

주었을 텐데.

우스터 그만 헤어지자, 조카. 얘기는

네가 좀 더 귀 기울이는 상태일 때 해야겠다.

노섬벌랜드 〔핫스퍼에게〕 아니, 네가 말벌에 쏘여 법석을 떠는 바보

냐,

느닷없이 주절대는 여자로 기질이 바뀌어,

네 귀를 오로지 네 혀에만 묶다니!

핫스퍼 아니, 보세요, 전 회초리 맞고 벌서는 심정이에요,

개미떼가 무는 것처럼 성질이 나요, 내 귀에

이 사악한 모사꾼 볼링부르크 애기가 들릴 때마다 말예요.

리처드 시절 때―그곳 지명이 뭐였죠?

염병할, 글로스터셔 어디였는데.

그 물불 안 가리던 공작 그자가 자기 삼촌을 잡아두고 있었

는데―

그의 삼촌 요크를―거기서 내가 처음 무릎을 꿇었지요

이 미소의 왕, 이 볼링브루크한테.

제기랄 생각이 안 나네, 아버님과 그자가 레이번즈퍼러에서

돌아오셨을 땐데.

노섬벌랜드 버클리 성에서였다.

핫스퍼 맞아요.

아, 정말 사탕처럼 달콤한 예의를

내게 갖추며 살랑대던 이 사냥개 꼬라지라니!

'나의 어린아이 운이 성년으로 자라게 되면,' 이라느니,

'마음씨 고운 해리 퍼시'에, '친절한 친척' 어쩌구 하더니.

오, 악마는 뭐하나, 이런 사기꾼들 안 잡아가고!—하나님

절 용서하소서.

착하신 삼촌, 하실 말씀 하시죠. 전 다했습니다.

우스터 아니다, 아직 안 끝났으면, 더 해도 돼.

네가 한가할 때 얘기하마.

핫스퍼 전 다했습니다, 정말.

우스터 그렇다면 다시 너의 스코틀랜드인 포로 이야기로 돌아가

서.

그들을 몸값 없이 즉각 풀어 주거라,

그리고 더글라스의 아들을 너의 유일한 대리인으로 하여

스코틀랜드에서 군대를 일으키는 거야, 이것은, 그 여러 가

지 이유는

내가 네게 편지로 써 보내겠지만, 분명

쉽게 담보될 수 있을 것이야. 〔노섬벌랜드에게〕 그리고, 동생

은,

자네 아들이 스코틀랜드 일을 이렇게 추진하게 되면,

은밀하게 파고들어야 해

사람들이 좋아하는 고결한 성직자

대주교 바로 그 사람의 가슴 속으로.

핫스퍼 요크의, 아닌가요?

우스터 맞아, 그이는 크게 앙심을 품고 있어

브리스톨에서 그의 동생, 스크로우프 경이 처형된 것에 대
해.

이건 내가 추측으로,

그럴 것 같아서 하는 말이 아니고, 내가 알기로

곰곰 생각되고, 계획되고, 또 결정된 사항이고,

단지 기다릴 뿐이야, 그 일을 해치울

기회의 얼굴이 눈에 뜨일 그날을.

핫스퍼 감이 오네요. 제 목숨을 걸고 맹세컨대, 일이 잘되겠군요!

노섬벌랜드 사냥을 하려면 반드시 개를 먼저 풀어야 하는 법.

핫스퍼 아니, 이건 고결한 계획일 밖에 없어요―

그런 다음 스코틀랜드 및 요크의 군대가

모티머와 합류한다, 그렇죠?

우스터 그리하게 될 것이고.

핫스퍼 정말, 너무도 잘 짜여진 계획이군요.

우스터 상당한 이유도 있지, 서둘러

군사를 일으켜야 우리 모가지가 무사할 테니까.

왜냐면, 우리가 아무리 조심을 하여도,

왕은 언제나 우리한테 빚졌다고 생각할 테고,

그 빚을 다 갚기 전에는

우리가 불만스럽게 생각할 거라는 생각일 것이거든.

그리고 보라구 그가 정말 벌써 시작했잖느냐

우리만 보면 낯을 찡그리는 것이.

핫스퍼 맞아요, 그자가 그러더라구. 그자한테 복수해야 해요.

우스터 조카, 이만 헤어지지. 이 일은 더 나아가면 안 돼

내가 편지로 일러주는 경로 이상으로는.

시간이 무르익으면, 곧 그렇게 되겠지만,

내가 몰래 글렌다워와 모티머 경한테로 빠져나갈 테니까,

거기서 너와 더글라스 그리고 우리 군대가 즉시,

내가 그렇게 조치하겠지만, 행복하게 만나서,

우리의 운을 우리 자신의 강한 군대로 지탱하는 거지,

지금 매우 불확실한 상태인 그 운을 말이다.

노섬벌랜드 안녕히 가세요, 착한 우리 형, 우린 잘될 거예요, 전 믿
습니다.

핫스퍼 〔우스터에게〕잘 가세요, 큰아버지. 오, 시간이 단축되어
어서 빨리 전장과 전투와 신음 소리가 우리 사냥에 갈채를
보내 주었으면!

한쪽 문으로 우스터, 다른 쪽 문으로 노섬벌랜드와 핫스퍼 퇴장

제2막

당신 안의 당신 영혼은 그렇게 전쟁 중이었고,
그렇게 당신의 잠 속 당신을 어쩌나 휘저어 놓있는지
땀방울이 당신 이마에 맺힌 것이
마치 최근에 범람한 하천 거품 같았고요,
그리고 당신의 얼굴이 이상하게 움찔댔는데,
어떤 엄청나고 급작스런 명을 받고
호흡을 자제하는 그런 모습이었죠. 오, 이런 것들이 무슨 전조죠?

2막 1장
켄트, 로체스터의 한 여관 안뜰

짐꾼 한 명이 손에 등잔을 들고 등장

첫 번째 짐꾼 헤이-호! 지금이 새벽 네 시라는데, 내 목숨을 걸지.
　　　북두칠성이 새 굴뚝에 걸렸는데, 아직 말들 등에 짐도 못 실
　　　었네. 어이, 마부!

마부　〔안에서〕 곧 갈게, 간다구.

첫 번째 짐꾼 이봐, 톰, 컷트 놈 안장이 너무 뻑시다니까, 안장 앞
　　　머리에 뭐라도 좀 깔아 주든가. 불쌍한 늙은 말이 어깨뼈 사
　　　이 등줄기를 심하게 다쳐서, 쭉을 못 쓴다구.

또 한 명의 짐꾼 등장

두 번째 짐꾼 이거 완두콩이고 강낭콩이고 죄다 개차반이라, 먹이
　　　로 주었다가는 불쌍한 늙은 말 내장에 두더지 생기기 십상이
　　　겠는걸. 로빈 마부 죽은 뒤로 이 집은 정말 개판도 이런 개판
　　　이 없어.

첫 번째 짐꾼 불쌍한 그 친구는 귀리값 오른 후로는 낙이 없었지,
　　　그게 그의 죽음이었다구.

두 번째 짐꾼 런던 노상에서 이 집만큼 벼룩 들끓는 데도 없을 거

야. 내가 물어뜯겨 점박이 잉어 꼴이라니까.

첫 번째 짐꾼 점박이 잉어? 하나님께 맹세코. 어떤 기독교도 왕도 내가 한밤중부터 물린 만큼 지독하게 물린 적이 없을 거야.

두 번째 짐꾼 글쎄, 그놈들이 요강을 절대 안 주니까, 그래서 굴뚝에다 쉬를 할 밖에 없고, 그 오줌이 벼룩들을 알 까는 거야, 미꾸라지처럼.

첫 번째 짐꾼 어이, 마부! 이리 와 봐, 이 목을 매달 놈, 이리 오라구!

두 번째 짐꾼 햄 한 통하고 생강 두 뿌리는 체어링 크로스까지 배달을 해야 하는데.

첫 번째 짐꾼 니미럴, 내 바구니 속 칠면조는 아예 굶어 죽을 판이야! 어이, 마부! 이 염병할 놈, 대가리에 눈이 박혀 있기는 한 거야? 내 말 안 들려? 술 마시는 만큼이나 신나게 네놈 두개골을 빼서 버리지 않으면, 내가 바로 개새끼다. 이리 와, 목을 매달아 버릴 테니까! 책임감은 전혀 없니?

개즈힐 등장

개즈힐 안녕하시오, 짐꾼들. 지금 몇 시요?

첫 번째 짐꾼 두 시쯤 된 것 같소.

개즈힐 등잔 좀 빌려 주겠소, 마구간에 불알 깐 내 말을 살펴봐야 겠는데.

첫 번째 짐꾼 안 되지, 절대, 기다리쇼. 댁 같은 사람 둘이 있어도 날 속여 먹을 순 없을걸.

개즈힐 〔두 번째 짐꾼에게〕 부탁이오, 당신 꺼 좀 빌립시다.

두 번째 짐꾼 그러시오, 그런데 언제 말이오? 모르겠지? '당신 꺼 좀 빌립시다', 이분이 그러시는구만. 정말, 내 당신 교수형 당하는 거부터 먼저 봐야겠소.

개즈힐 이봐 짐꾼, 몇 시에 런던에 도착할 건가?

두 번째 짐꾼 촛불 들고 침대로 가도 될 시간에, 내 장담하지.—가세, 내 동료 머그즈, 신사분들을 불러 깨우자구. 동료들과 함께 떠날 거야, 귀한 짐들이 많으니까.

　　　　짐꾼들 퇴장

개즈힐 어디 있는가, 집사!

　　　　집사 등장

집사 '대령했다'는 소매치기 말씀.

개즈힐 그거 '대령했다'는 집사 말씀 못지않게 어울리는 말이군, 지시만 내리고 뒷짐 지는 네 몸이나 소매치기나 노동하고 담 쌓기는 매일반이니까 너도 계획을 짠다는 말씀.

집사 안녕하시오, 개즈힐 선생. 어젯밤 내가 한 말 지금도 유효하다오, 켄트 숲 지대 소지주 한 놈이 금화 300마르크를 갖고 있소. 어제 저녁 식사 때 자기 동료 한 명에게 그가 그리 말하는 걸 들었소—일종의 회계감사원 같은, 그런 자도 짐이 많았는데, 뭔지는 알 수 없고. 그들은 벌써 일어났어요, 계란 프라이를 주문합디다. 곧 떠날 거요.

개즈힐 이봐, 그들이 니콜라스 성인의 서기들, 노상강도를 안 만날 경우, 너한테 이 목을 주지.

집사 아니, 절대 사양이오, 그냥 갖고 계시다 교수형 집행인한테나 주슈, 니콜라스 성자에 대한 당신 숭배가 여느 사기꾼 못지않게 진실하다는 걸 내 아니까.

개즈힐 왜 나한테 교수형 집행인 얘기를 들먹이나? 만일 내가 목을 매달면, 교수대에 뚱보 둘이 생겨나는 거야, 왜냐면 내가 목을 매달면, 늙은 존 폴스타프 경이 나와 함께 목을 매달 거거든, 그런데 네놈도 알다시피 그는 영양실조와 전혀 무관한 풍채 아닌가. 촛, 네놈은 상상도 못할 다른 왈짜들이 있어, 그냥 재미 삼아 그 직업을 근사해 보이게 해 주는 걸로 만족이라, 문제가 발생할 것 같으면, 자기네들 평판 때문에 사태를 원상 복구시킨다고. 내가 어울리는 사람들은 발바닥 고생시키는 노상강도들이 아니고, 엉성한 막대기 휘두르며 푼돈 빼앗는 좀도둑도 아니고, 난발 수염에 얼굴 새빨간 따위 미치광이 술주정뱅이들이 절대로 아니고, 지체 높고 태평한 분들, 시장님들과 궁정의 대단한 '들으라'짜리들이야, 비밀을 지킬 수 있는 부류, 말보다 주먹이 먼저인 부류, 술보다 말이 먼저고, 기도보다 술이 먼저인 부류란 말이지. 아니, 아니다, 이건 거짓말이다. 왜냐면 그들은 자나 깨나 국가를 위해 성인께 기도하거든, 아니 그것보다는, 국가한테 기도하는 게 아니라, 국가 약탈을 기도한다는 게 맞겠군, 위아래를 오르내리며 국가를 무슨 전리품 장화 취급하듯 하니까.

집사 뭐라, 국가가 장화라고? 진흙탕 길에서는 물이 새지 않을까?

개즈힐 안 새지, 안 새고 말고. 정의란 게 바로 방수기름 아니겠는가. 우리는 싱 안에 있는 것처럼 아주 안전하게 도둑질을 하는 거고, 확실하게 말야, 우린 비장의 양치식물 포자가 있어, 투명 인간이라구.

집사　아니죠, 참으로. 내 생각엔 당신 안 보이는 건 양치식물 포
　　자보다는 야밤 덕택이 더 클 것 같은데.

개즈힐　손을 이리 주게, 우리가 약탈한 재화를 자네한테도 한몫
　　나눠 주겠네, 내가 진실된 사람인 만큼.

집사　아니, 난 그보다는 당신이 나쁜 도둑인 만큼 받았으면 더 좋
　　겠구려.

개즈힐　지랄, 사람이란 말로 모든 사람을 부르면 족하지 뭐가 그
　　리 복잡한고. 마구간에서 내 말 데려오라고 마부에게 이르렷
　　다. 그만 찢어지자, 멍청한 놈.

　　　따로따로 퇴장

2막 2장

쏘다니는 언덕, 대로

해리 왕세자, 포인즈, 피토 및 바돌프 등장

포인즈 어서, 은신처로, 은신처로!

〔피토와 바돌프가 다른 쪽 문으로 퇴장〕

내가 폴스타프의 말을 옮겨 놨더니, 그가 값싼 고무 벨벳처럼 애달캐달하더라구.

해리 왕세자 숨어!

포인즈 퇴장
폴스타프 등장

폴스타프 포인즈! 포인즈, 이 목매달아 죽일 놈! 포인즈!

해리 왕세자 입 다물어, 이자가 콩팥까지 퉁퉁 부었나! 이렇게 소란을 피우면 어쩌자는 게야!

폴스타프 포인즈 어딨어, 할?

해리 왕세자 언덕 꼭대기로 걸어 올라가던데. 내가 가서 찾아보지.

〔퇴장〕

폴스타프 도둑놈들과 어울려 강도짓을 하는 더러운 신세가 되어 버렸군. 그 악당이 내 말을 옮겨 가서 어디다 묶어 놓았는지도 모르겠고, 쇠자로 4피트만 더 걸으면, 숨이 끊어질 것 같고. 어쨌거나, 내가 비명횡사하는 일이야 있을라구, 이 모든 것에도 불구하고—그 악당을 죽인 죄로 교수형 당하는 것만 피한다면. 지난 이십하고도 2년 동안 난 그놈하고 같이 다니는 걸 한 시간마다 빼놓지 않고 그만두리라 맹세했지만, 그런데도 그놈하고 같이 있는 데 홀렸단 말야. 그 악당이 그를 사랑하게 만드는 약을 내게 준 게 아니라면, 내가 교수형을 당해도 싸다. 그렇지 않을 리가 없어, 난 약을 마신거라구. 포인즈! 할! 둘 다 역병 걸려서 뒈져 버려라! 바돌프! 피토! 한 발짝 더 훔치기 전에 사망하시겠군. 착한 사람으로 거듭나서 이 자들을 버리는 게 술 마시는 것 못지않게 좋은 일이 아니라면, 나를 이빨로 씹어 본 적 있는 가장 제대로 된 악한이라 불러도 좋다. 울퉁불퉁한 땅 8야드면 내 발에는 20 곱하기 3하고도 10마일이나 되고, 그 매정한 놈은 그걸 잘 아는데 말이지. 도둑끼리 서로 진실되지 못하면 그게 바로 염병 아니고 뭔가!

〔그들이 휘파람을 분다. 해리 왕세자, 포인즈, 피토 그리고 바돌프 등장〕

휴! 네놈들 모두 역병에나 걸려라! 내 말 내놔, 이 나쁜 놈, 내 말 내놓으라구, 이 목매달아 죽일 놈아!

해리 왕세자 조용해라, 창자까지 디룩디룩한 놈아. 드러누워, 네 귀를 땅에 바싹대고, 들어 보아라, 여행자들 발자국 소리가 들리는지.

폴스타프 네놈이 나를 다시 들어 올릴 지레라도 있다는 거냐, 누우라게? 니미럴, 난 결코 내 살로 그렇게 멀리 발 딛지 않겠어, 니 애비 금고에 든 주화를 몽땅 준다 해도 말이다. 도대체 무슨 꿍꿍이로 날 이렇게 망아지 취급하는 거냐?

해리 왕세자 그건 거짓말이지. 넌 망아지 취급을 당하는 게 아니라, 말이 없는 거잖아.

폴스타프 제발, 착한 왕세자 할, 날 좀 내 말 있는 데까지 부축해 다오. 훌륭한 왕의 아드님.

해리 왕세자 치워라, 이 나쁜 놈, 내가 니 마부 노릇을 하리?

폴스타프 그 법정 추정 상속자 양말대님인지 뭔지로 니 목이나 매 거라! 내가 잡히면, 다 일러바칠 거야. 내가 온통 니놈을 소 재로 가사를 쓰고 추잡한 선율을 갖다 붙이지 않으면, 포도주 한 잔이 내 독약이라도 좋다. 아무리 일이 일사천리고, 아무 리 날 놀려 먹는 게 재밌어도 그렇지, 날 걷게 하다니! 난 싫 어.

　　　복면을 쓴 개즈힐 등장

개즈힐 꼼짝 마!

폴스타프 그러고 있잖나, 본의 아니게.

포인즈 오, 우리 대장이야, 그 목소리 내가 알지. 개즈힐, 어떻게 되어 가는 거지?

개즈힐 변장들 해, 변장들 하라구, 복면을 써! 왕의 돈이 언덕을 내려오고 있다구, 왕의 금고로 가는 돈이야.

폴스타프 거짓말 마라, 이놈, 왕의 선술집으로 가는 돈이겠지.

개즈힐 우리 모두 한몫 잡는 데 충분한 액수라구.

폴스타프 교수형 당하기에 충분하겠지.

　　　그들이 복면을 한다.

해리 왕세자 이보게들, 자네 넷은 좁은 샛길에서 그들을 대면해야 해. 네드 포인즈와 난 그 밑에 진을 치고. 만일 그들이 자네들을 피하면, 우리한테 오게 되는 거지.

피토 몇 명이나 되는데?

개즈힐 여덟 혹은 열 명쯤.

폴스타프 제기랄, 그들이 우리한테 강도짓 하는 거 아냐?

해리 왕세자 뭐야, 겁나는 거냐, 존 개구리 배 경?

폴스타프 참으로 난 니 할아비처럼 야윈 고온트 경은 아니지, 그렇지만 겁쟁이도 아니란다, 할.

해리 왕세자 좋아, 그 점은 두고 보자구.

포인즈 이봐 잭, 니 말은 산울타리 뒤에 있어. 그게 필요하면, 거기 가면 찾을 거야. 헤어지지, 각자 자리를 고수하고.

폴스타프 내가 교수형 당하면 저놈 때려 줄 수가 없잖아.

해리 왕세자 〔포인즈에게 방백〕 네드, 우리 복면은 어디 있는 거야?

포인즈 여기, 바로 옆에 있어. 숨지.

　　　　　　　왕세자, 그리고 포인즈 퇴장

폴스타프 자, 여러분들, 모두에게 행복 있기를, 내가 말하노니, 각자 위치로.

　　　　　　　그들이 옆으로 물러선다.
　　　　　　　여행자들 등장, 짐꾼들도 섞여 있다.

첫 번째 여행자 가세, 친구들, 이 소년이 우리 말들을 언덕 아래로 데려다줄 거야. 우린 잠시 걷자구, 다리 근육을 풀어 주고 말야.

도둑들 〔앞으로 나오며〕 꼼짝 마라!

두 번째 여행자 예수님 우리를 보살펴 주소서!

폴스타프 쳐라, 이놈들을 쓰러트려, 이 악당들 모가지를 날려 버
려! 아, 애 배도 모르는 기생충들, 베이컨 처먹고 자란 놈들!
저놈들은 우리 청년들을 미워한다구. 싹 쓸어 버려, 알거지를
만들고!

첫 번째 여행자 오, 우린 끝장이다. 우리와 우리 가솔들 모두 영원
히!

폴스타프 목매 죽는 소리 하고 있네, 이 배불뚝이 놈들, 네놈들이
끝장이라구? 아니지, 이 시골 촌뜨기들아, 니들 가진 재산이
몽땅 여기 있어야 하는 건데. 덤벼라, 베이컨 덩어리들, 덤비
라구! 뭐야, 이 나쁜 놈들! 젊은이들이 먹고 살아야지. 니들
은 대법관 배출하는 부자 가문이야, 그렇지? 우리가 너희를
재판하겠다, 참으로.

> 여기서 그들이 여행자들 물품을 빼앗고 몸을 묶는다. 도적들이 여
> 행자들과 함께 퇴장

2막 3장

장면 계속

해리 왕세자와 포인즈, 풀 먹인 아마포 차림으로 등장

해리 왕세자 도적들이 정직한 사람들을 묶었다 이거지, 이제 너와
내가 도적들 물건을 빼앗고, 즐겁게 런던으로 간다 이거지.
이 얘기는 일주일 동안 토론거리고, 한 달 동안 웃음거리고,
내도록 훌륭한 농담거리로 될 거야.

포인즈 숨어, 그들 오는 소리가 들려.

그들이 옆으로 비켜선다.
여행자의 돈을 들고 폴스타프, 바돌프, 피토, 그리고 개즈힐 등장

폴스타프 자, 여러분들, 몫을 나누자구, 그런 다음 날 밝기 전에
말을 타야지. 왕세자와 포인즈가 악명 높은 두 명의 겁쟁이가
아니라면, 세상에 정의라는 것도 찾아볼 수 없겠지. 포인즈
놈한테는 들오리만큼의 용기도 없다니까.

그들이 돈을 나누고, 왕세자와 포인즈가 그들을 공격한다.

해리 왕세자 네놈들 돈을 내놔!

포인즈 악당들!

개즈힐, 바돌프, 그리고 피토가 제각각 달아나고 폴스타프도, 한 두 번 공격하다가, 달아난다, 약탈품을 그냥 놔둔 채.

해리 왕세자   아주 간단히 얻었네. 이제 즐겁게 말을 타야지.
　　도적들은 뿔뿔이 흩어졌고, 너무도 겁에 질려
　　감히 서로 만나지도 못할 거야.
　　제각각 자기 친구를 경관으로 보겠지.
　　가세, 착한 네드. 폴스타프가 죽도록 땀을 삐질삐질 흘리고
　　걸어가면서 야윈 대지에 기름을 뚝뚝 떨어트려 주는군.
　　웃음을 참을 수 없어 그렇지, 불쌍하기도 하이.
포인즈   그 뚱보가 고래고래 악을 쓰는 꼴이라니!

　　약탈물을 들고 모두 퇴장

2막 4장
노섬벌랜드 와크위스 성, 핫스퍼의 집

❀

핫스퍼가 편지를 읽으며 등장

핫스퍼 '하지만 저 자신의 입장을 말하자면, 나의 영주님, 저는
흔쾌히 참석하고 싶습니다, 제가 영주님 가문한테 품고 있는
사랑에 비추어.'—흔쾌히 하고 싶단다, 그런데 왜 안 하는 거
지? 그가 우리 가문한테 품고 있는 사랑에 비추어! 이걸 보면
이자는 우리 가문을 사랑하는 것보다 자기 자신의 헛간을 더
사랑하고 있어. 좀 더 읽어 볼까.—'그대가 시행하려는 계획
은 위험합니다'—아니, 그거야 그렇지. 위험하기로야 감기 걸
리는 것도, 자는 것도, 술 마시는 것도 위험하지. 하지만 내가
말하거니와, 나의 바보 나리, 이 위험의 쐐기풀에서 이 안전
의 꽃을 뽑아내자는 얘기 아니겠나.—'그대가 시행하려는 계
획은 위험합니다, 그대가 열거한 친구들은 불분명하고, 시기
자체가 적절치 않고, 그대의 구상 전체가 그토록 거대한 상대
방과 평형을 이루기에는 너무 무게가 가볍습니다.'—네놈이
그렇게, 네놈이 그렇게 말하겠단 말이지? 다시 네게 말하노
니, 네놈은 천박한, 겁쟁이 농사꾼이로다, 그리고 거짓말쟁이
로다. 이게 무슨 덜 떨어진 소리! 주님께 맹세코, 우리의 구상
은 이제껏 그 어느 것보다 훌륭하고, 우리의 친구들은 진실되

고 한결같아. 훌륭한 구상, 훌륭한 친구들이지, 그리고 기대에 부풀어 있고. 탁월한 구상, 매우 훌륭한 친구들이지. 이자야말로 영혼이 냉담한 악당 아닌가! 아니, 요크의 그분도 그 구상과 행동 방향 전반을 흡족해 하신 판에. 니미럴, 내가 지금 이자 곁에 있다면, 지 마누라 부채로 골통을 깨부쉈을 텐데! 나의 아버지, 큰아버지, 그리고 나 자신이 있는데도? 에드먼드 모티머 경도, 요크의 그분도, 그리고 오웬 글렌다워도 있는데? 게다가 더글라스도 있지 않은가? 그들의 모든 편지를 내가 갖고 있지 않은가, 내달 9일 군대를 이끌고 내게 합류하겠다는? 그리고 그들 중 일부는 이미 진격 중이지 않은가? 아니 이런 이교도 악당, 신앙심 없는 회의주의자를 다 보았나! 하, 이제 보겠구나, 참으로 두렵고 철렁한 가슴에 그가 왕한테 가겠지, 그리고 우리의 모든 진척 상황을 까발리겠어! 오, 내 몸을 둘로 갈라 서로 싸우게 해야 할 판이군, 내가 이따위 탈지 우유 같은 놈한테 그토록 명예로운 행동을 부추기다니! 목매달아 죽일 놈! 왕한테 이를 테면 이르라지, 우리가 준비되었다고 말야, 난 오늘 밤 출발할 거니까.

〔그의 부인 등장〕

어쩐 일이오, 케이트? 난 앞으로 두 시간 안에 떠나야 하는데.

퍼시 부인 오 착하신 나의 남편, 왜 이렇게 혼자 계시나요?
무슨 잘못을 저질렀길래 제가 이번 2주일 동안
나의 해리의 침대에서 쫓겨난 여자 신세였지요?
말해 주세요, 여보, 무엇이 당신한테서 빼앗아 갔나요,
당신의 입맛, 당신의 기쁨, 그리고 당신의 황금빛 잠을?

왜 눈길이 땅바닥을 향하고,

혼자 앉아 계실 때면 그토록 자주 깜짝깜짝 놀라시는 거죠?

왜 당신 두 뺨에 싱싱한 혈색을 잃고,

나의 보물이자 권리인 당신을

공허한 응시의 곰곰 생각과 심술궂은 우울에 내주어 버렸나요?

얕은 잠 드신 당신 곁을 제가 지키며,

들었어요 당신이 잠꼬대하는 철의 전쟁 이야기를,

기운차게 내닫는 준마에게 퍼부어 대는 승마 용어를,

'달려라! 전투다!' 고함 소리를. 그리고 당신이 하시는 말은

공격과 후퇴니, 참호니, 텐트니,

꼬챙이 방책이니, 누벽이니, 흉벽이니,

거대대포니, 대포니, 장포니,

몸값을 내고 석방된 포로니, 그리고 살해당한 병사니,

모든 것이 험악한 전투의 기류였어요.

당신 안의 당신 영혼은 그렇게 전쟁 중이었고,

그렇게 당신의 잠 속 당신을 어찌나 휘저어 놓았는지

땀방울이 당신 이마에 맺힌 것이

마치 최근에 범람한 하천 거품 같았고요.

그리고 당신의 얼굴이 이상하게 움찔댔는데,

어떤 엄청나고 급작스런 명을 받고

호흡을 자제하는 그런 모습이었죠. 오, 이런 것들이 무슨 전조죠?

어떤 중대한 일을 제 남편은 목전에 두고 있는 것이고,

전 그걸 알아야겠어요. 아니면 남편은 절 사랑하는 게 아니

구요.

핫스퍼 여봐라!

〔하인 등장〕

길리엄스가 편지 묶음을 들고 떠났느냐?

하인 떠났습니다, 주인님, 한 시간 전에.

핫스퍼 버틀러는 보안관한테서 말들을 가져왔고?

하인 한 필을, 주인님, 그가 방금 가져왔습니다.

핫스퍼 어떤 말이지? 밤색과 흰색 털에, 귀를 잘라낸 말, 아닌
가?

하인 맞습니다, 주인님.

핫스퍼 그 말이 내 옥좌로다.

그래, 당장 가서 타 봐야지.—오, 내가 의지할 것 희망이나
니!—

버틀러더러 말을 공원으로 데려오라고 이르라.

퍼시 부인 제 말 좀 들어 보세요, 저의 낭군님.

핫스퍼 무슨 말을 하겠다는 거요, 부인?

퍼시 부인 당신을 데려가는 게 누구죠?

핫스퍼 그거야, 내 말 아니오,

내 말이, 데려가는 거지, 나를.

퍼시 부인 집어치워요, 물불 안 가리는 바보 같으니,

족제비도 당신만큼 성마른 충동으로

정신이 산란하지는 않을 거예요.

절대로. 전 당신 일을 알아야겠어요, 해리, 알고야 말 거예
요.

아마도 내 오빠 모티머가 그의

권리에 대해 마음이 들떠서, 자신의 모험에

　힘을 보태 달라고 당신한테 연락을 한 모양인데, 하지만 당

　신이 가시면—

핫스퍼　그렇게 먼 곳을 걸어서 가라구? 난 파김치가 될 거요, 여

　보.

퍼시 부인　자, 어서, 앵무새처럼 같은 말 되풀이 말고, 대답해요

　내가 묻는 질문에 단도직입적으로.

　정말, 내가 당신의 그 작은 손가락을 분질러 버릴 거야, 해

　리,

　내게 모든 걸 사실대로 고하지 않으면 말예요.

핫스퍼　그만, 그만, 허튼 소리 그만하시오! 사랑? 난 당신을 사랑

　하지 않아,

　난 당신 신경 쓰지 않는다구, 케이트. 요즘 세상에

　가슴이나 희롱하고 입술과 결투하게 생겼나.

　우린 코피 터지며 대갈통 깨지면서 사는 거야,

　그게 정석이고, 또한. 참견 마시오, 내 말 가져와!—

　당신 뭐라고 했소, 케이트? 날 어떻게 하겠다구?

퍼시 부인　당신 날 사랑하지 않는다고요? 정말 그래요?

　좋아요, 사랑하지 마세요, 그렇다면, 당신이 날 사랑하지 않

　으니

　저도 저 자신을 사랑하지 않을 테니까요. 당신 절 사랑하지

　않아요?

　아니, 말해 봐요 당신 말 농담인지 아닌지.

핫스퍼　갑시다, 내가 말 타는 걸 보겠소?

　그리고 내가 말에 올라타면, 맹세코

난 당신을 영원히 사랑할 거야. 하지만 내 말 잘 들어, 케이
트.

차후로 나는 당신한테 내가 어디로 가는지
묻게 놔두면 안 되오, 뭘 따져들게 놔두어서도 안 되고.
내가 갈 곳으로, 난 가야 해. 그리고, 결론적으로,
난 오늘 밤 당신을 떠나야 하오, 부드러운 케이트.
당신 현명한 거 내가 알지, 그렇지만
해리 퍼시의 아내 이상으로 현명하지 않다는 것도 알아, 당
신은 한결같지만,
여자 이상은 아니지, 비밀을 지키는 데
어느 여자도 당신을 못 따라가겠지만, 당신도 모르니까
발설할 수 없는 상태보다는 못하지.
그리고 그 정도 선까지 난 당신을 믿겠소, 상냥한 여보.

퍼시 부인 어떻게, 그 정도밖에?

핫스퍼 거기서 1인치도 더 나가면 안 되겠지. 하지만 내 말 명심
하오, 케이트.
내가 어디를 가든, 당신 또한 그리로 가게 되어 있소.
오늘 내가 출발하고, 내일은 당신이야.
그러면 되겠지, 케이트?

퍼시 부인 그래야 하겠지요, 어쩔 수 없이.

모두 퇴장

2막 5장

런던, 이스트칩의 한 여관

🌸

해리 왕세자 등장

해리 왕세자 네드, 그 곰팡내 나는 방에서 나와, 나 좀 웃겨 줄 일이 있다구.

다른 쪽 문으로 포인즈 등장

포인즈 어디 있었나, 할?

해리 왕세자 얼간이 서너 명과 함께 있었어, 술 육칠십 병 놓고 말야. 내가 비굴의 가장 낮은 현을 울려 버렸네. 이보라구, 난 술집 급사 1조 세 놈과 의형제 사이고, 그들을 세례명으로 부를 수 있어, '톰', '딕', '프랜시스', 이렇게. 그들이 벌써 인정하더군, 각자의 구원을 걸고 맹세하면서, 내가 비록 웨일즈 공이지만 예절은 왕이라는 거, 그리고 내게 말하기를 난 폴스타프와 달리 거만한 놈이 아니고, 코린트 사람이라는 거야, 정열의 청년, 훌륭한 아이라는 거지—정말, 그들이 날 그렇게 불렀다니까, 그리고 내가 왕이 되면 이스트칩의 모든 훌륭한 청년들이 줄줄 따라다닐 거래. 그들은 술 많이 마시는 걸 '주홍 염색'이라 하고, 숨 쉬느라 술을 들이키다 말면 '흄!' 하고 못마땅한 소리를 지르며 '원샷'을 명하대! 결론적으로, 이 몸이 꽤나 숙달되신 터라 한 시간의 4분지 1만에 평생 동안 어느 잡놈과 술을 마시더라도 그놈 자신의 언어로 대화를 나눌 수 있게 되셨다 이 말씀이지. 내 말은, 네드, 이 사건에 네가 나와 함께하지 않음으로써 넌 명예를 상당히 훼손당하게 되었다 이거야. 하지만, 달콤한 네드―네드란 이름을 달콤하게 하기 위해 옛다 설탕 1페니어치다, 급사 보조가 방금 내 손에 쥐어준 거다. 평생 '8실링과 6펜스', 그리고 '어서 오십쇼' 말고는 다른 영어를 해본 적이 없는 놈이지, 아니, '갑니다. 곧 가요, 손님! 반달실에 설탕 섞은 스페인 포도주 쿼트 병 하나요!' 뭐 그런 식으로 고래고래 악을 쓰기도 하겠군. 근데, 네드, 폴스타프가 올 때까지 시간을 죽여야 하니 말인데, 어디 곁방에서 좀 대기하고 있어, 그리고 내가 그 같잖은 급사한테 도대체 무슨 이유로 설탕을 내게 주었냐고 물어보는 동안, 자네가 끊임없이 '프랜시스!' 하고 부르라고. 그러면 그가 내게 하는 대답이 '곧 갑니다!'뿐일 거 아닌가. 옆방으로 가, 내가 먼저 시식을 해보게.

　　　포인즈 퇴장

포인즈 〔안에서〕 프랜시스!
해리 왕세자 　바로 그거야!
포인즈 〔안에서〕 프랜시스!

　　　급사 프랜시스 등장

프랜시스 　갑니다, 곧 가요, 손님!―석류실로 내려가 봐, 랠프!
해리 왕세자 　이리 오게, 프랜시스.

프랜시스 나리.

해리 왕세자 도제 노릇을 얼마나 했나, 프랜시스?

프랜시스 어휴, 5년이나 했어요. 그리고 그 정도 기간이면—

포인즈 〔안에서〕프랜시스!

프랜시스 갑니다, 곧 가요, 손님!

해리 왕세자 5년이라! 정말, 백랍잔 땡그랑대기에는 긴 시간이군. 하지만 프랜시스, 감히 용기를 내어 계약서한테 겁쟁이처럼 굴고, 깨끗하게 발뒤꿈치 두 개 내보이면서, 계약이고 뭐고 줄행랑 칠 생각 안 해보았나?

프랜시스 오 안 되죠, 나리, 전 잉글랜드의 모든 성경에 대고 맹세를 한 몸인걸요, 내 가슴 속에 있는 것은—

포인즈 〔안에서〕프랜시스!

프랜시스 곧 갑니다, 손님!

해리 왕세자 나이는 몇 살인가, 프랜시스?

프랜시스 글쎄요, 미가엘 대천사 축일 무렵이면 제 나이가—

포인즈 〔안에서〕프랜시스!

프랜시스 곧 가요, 손님! 〔왕세자에게〕부디, 잠시만 기다려 주십시오, 나리.

해리 왕세자 안 되지, 내 말을 듣게, 프랜시스. 자네가 내게 준 설탕 말야, 그게 1페니어치였지, 아닌가?

프랜시스 어이쿠, 2펜스어치 드리려던 거였는데!

해리 왕세자 내가 그 보답으로 자네에게 천 파운드를 주겠네. 원할 때 언제든 말해, 그러면 갖게 될 테니까—

포인즈 〔안에서〕프랜시스!

프랜시스 곧이요, 곧!

해리 왕세자 곧 달라고? 안 돼, 프랜시스, 하지만 내일은, 프랜시
스, 아니면, 프랜시스, 목요일에, 아니면, 정말, 프랜시스, 자
네가 원하는 때에. 하지만 프랜시스.

프랜시스 나리.

해리 왕세자 자네 한번 털어 보지 않겠나, 가죽 재킷에, 수정 단추
에, 짧게 깎은 대갈통에, 마노 인장 반지에, 검은 양말에, 캐
디스 모직 대님에, 부드러운 발음에, 매끄러운 혓바닥에, 하
여간 상류층 흉 되려고 환장한 이자의 스페인제 가죽 지갑
을?

프랜시스 어이쿠, 나리, 누구를 지칭하시는 건지?

해리 왕세자 뭐, 말귀를 못 알아들으니, 넌 설탕 섞은 갈색 포도주
나 마시고 살 밖에 없겠구나. 왜냐면 봐라, 프랜시스, 너의 그
흰색 무명 웃옷은 더러워지기 마련이야. 우리가 설탕 수입해
먹는 바바리에 가면, 이봐, 그 옷 별 볼 일 없을걸.

프랜시스 뭐가요, 나리?

포인즈 〔안에서〕 프랜시스!

해리 왕세자 꺼져, 이 악당! 사람들이 부르는 소리 안 들려?

> 나가려는 급사를 포인즈와 해리 왕세자가 모두 부른다.
> 급사가 어느 쪽으로 가야 할지 몰라 쩔쩔맨다.
> 여관 주인 등장

여관 주인 너, 뭐하고 서 있는 게냐, 저렇게 불러 대는데? 안에 계
신 손님 보살펴 드려.

> 〔프랜시스 퇴장〕

나리, 늙은 존 폴스타프 경이 열 명 남짓한 사람들까지 데리

고 문에 와 있습니다. 그들을 들일까요?

해리 왕세자 잠시 그냥 두었다가, 그런 다음 문을 열어 주게.

〔여관 주인 퇴장〕

포인즈!

포인즈 〔안에서〕 갑니다. 곧 가요, 손님!

포인즈 등장

해리 왕세자 이봐, 폴스타프와 나머지 도둑놈들이 문에 와 있다. 즐거운 일을 벌일 수 있을까?

포인즈 귀뚜라미처럼 즐거울 수 있지, 우리 청년. 근데 말이야, 이 급사 장난은 뭘 얻자고 꾀를 낸 게임이었나? 말해 봐, 성과가 뭐야?

해리 왕세자 난 지금 뭐든지 좋은 기분이야, 착한 농사꾼 아담의 아득한 시절 이래 지금의 자정 열두 시 청춘 시절까지 드러난 모든 기분이 말이지.

〔프랜시스 등장〕

지금 몇 시지, 프랜시스?

프랜시스 가요, 곧 갑니다, 손님!

다른 쪽 문으로 퇴장

해리 왕세자 앵무새보다도 단어가 부족한 이놈을 낳고도, 애미라고 미역국을 먹다니! 그가 하는 일 위층 아래층 오르내리는 게 다고, 그가 하는 말 계산서 항목뿐이군. 난 아직 퍼시, 북쪽의 그 핫스퍼 깜냥이 못 돼—그자는 아침거리로 스코틀랜드인 7, 80명을 죽이고, 손을 씻으며, 자기 아내한테 이러지,

'아무 일도 없으니 사는 게 지겹군! 일이 있어야지 말야.' '오나의 상냥한 해리,' 그녀가 그러지, '오늘 몇 사람이나 죽었어요?' '내 갈색 흰색 말한테 약 먹여야지,' 그는 이러고 나서, 대답하는 거야, '열네 명쯤 되나,' 한 시간이 지난 후에 말야, '별거 아냐, 별거 아니라구.' 가서 폴스타프 좀 불러 주게. 내가 퍼시 역을 하겠어, 그 망할 뚱보 곰은 그의 아내 모티머 부인 역을 하게 하고. 그 고주망태는 '위하여' 하겠지. 갈비씨 여자건, 뚝뚝 흘리는 기름 덩어리건, 모두 오라 그래.

칼과 둥근 방패를 든 폴스타프, 바돌프, 피토, 그리고 개즈힐 등장. 그 뒤를 포도주 병을 든 프랜시스가 따른다.

포인즈　어서 오게, 잭. 어디에 있었던 게야?

폴스타프　겁쟁이들 모두 역병 걸려 뒈져야 해, 정말, 복수도 당해야 하구, 성모 마리아여 아멘!—포도주 한 잔 다오, 애야.—이런 삶을 오래 살려면, 양말도 짜야 하구, 기위야 하고 거기에 맞게 발도 새로 마련해야 한다 이거지. 겁쟁이들 모두 역병 걸려 뒈져라!— 포도주 한 잔 달라니까, 이놈. 도대체 현존하는 미덕이란 게 전혀 없단 말인가?

그가 술을 들이킨다.

해리 왕세자　자네는 태양이 입맞춤으로 버터 접시에 태양의 연민을 표하는 걸 본 적이 없는가—그것이 태양의 달콤한 속삭임에 살살 녹아 버리는 것을? 본 적이 있다면, 저 기름 덩어리도 그 짝일 테니 두고 보라구.

폴스타프　〔프랜시스에게〕 이 나쁜 놈, 이 포도주에도 석회를 탔구나.

못된 놈 하는 짓이 늘 그렇지, 그렇지만 겁쟁이는 석회 탄 포도주 한 잔보다 더 악질이다.

〔프랜시스 퇴장〕

극악무도한 겁쟁이 놈! 네 길을 가는 거야, 잭, 원할 때 죽는 거구. 인간성이, 좋은 인간성이, 지구 표면에서 잊혀진 게 아니라면, 그렇담 나는 산란 끝난 청어다. 잉글랜드에 교수형 안 당한 착한 사람 셋이 안 되는데, 그중 하나는 뚱뚱하고 나이 드는구나, 하나님 이 시대를 도와주소서. 나쁜 세상이다, 정말. 내가 직공이면 좋겠네—일하면서 찬송가도 부르고, 무엇이든 할 수 있잖아. 겁쟁이들은 모두 역병 걸려 뒈져라, 내가 다시 말하노니.

해리 왕세자 무슨 일인데, 양털 부대 선생, 왜 투덜대는 건데?

폴스타프 왕의 아들이라구! 내가 목제 단검 하나로 널 족쳐서 네 왕국 밖으로 쫓아내지 않는다면, 그리고 네 앞에 네 신하들이 들오리 떼처럼 우왕좌왕 달아나게 하지 않는다면, 나는 결코 다시 얼굴에 수염을 기르지 않을 테다. 네가, 왕세자라고!

해리 왕세자 왜 그래, 이 애비도 모르는 뚱땡이야, 뭐가 문젠데?

폴스타프 네가 겁쟁이가 아니냐? 그 말에 대답해. 그리고 포인즈 저 놈은?

포인즈 이런 니미럴, 너 뚱뚱한 밥통, 날더러 겁쟁이라 하면, 맹세코 내가 너 쑤셔 버린다.

폴스타프 내가 널 겁쟁이라 해? 난 네놈 지옥 가는 걸 볼 테다, 널 겁쟁이라 부르기에 앞서, 하지만 천 파운드 내길 걸어도 좋은데 나도 너만큼은 빨리 달릴 수 있다구. 네 어깨는 아예 쭉 뻗었드만, 등 뒤에 누가 있는지 네놈은 신경을 안 써요. 넌 그걸

친구들 뒷받침한다고 부르냐? 그 따위 뒷받침 역병 걸려 돼
져라! 날 봐야 할 거 아닌가. 포도주 한 잔 줘. 오늘은 정말 한
잔도 못 마셨다구.

해리 왕세자 오 저 낯짝 좀 보라지, 마지막 마신 잔이 아직 입술에
마르지도 않았건만!

폴스타프 전부가 한 잔이니까.

〔그가 술을 들이킨다〕

겁쟁이들 모두 역병 걸려 돼져라, 내가 또 말하노니.

해리 왕세자 무슨 일이야?

폴스타프 무슨 일이냐구? 여기 우리 네 명이서 오늘 아침 천 파운
드를 빼앗았단 말이다.

해리 왕세자 그게 어딨어, 잭, 어디 있어?

폴스타프 그게 어디 있어? 우리가 빼앗겼지. 불쌍한 우리 네 명한
테 백 명이 달겨들었으니.

해리 왕세자 뭐라, 백 명이?

폴스타프 내가 개다 그놈들 열 명 남짓하고 격투를 벌이지 않았
으면, 두 시간 동안이나 말야. 내가 빠져나온 게 기적이지. 웃
옷을 여덟 번 찔렸고, 바지는 네 번, 둥근 방패가 꿰뚫리고 또
꿰뚫리고, 내 칼은 톱날처럼 난도질당하고. 증거를 보라구.

〔그가 자기 칼을 보여 준다〕

사내 되고 이리 잘 싸운 적은 없네. 내가 그래 봐야 소용이
있어야지. 겁쟁이들은 모두 역병 걸려 돼져야 한다구! 〔개즈
힐, 피토, 그리고 바돌프를 가리키며〕 저놈들 보고 얘기하라 그래.
진실 이상 혹은 이하를 말한다면, 저놈들은 악당이고 어둠의
자식들이니까.

해리 왕세자 말해 보게, 여보게들, 어떻게 된 건가?

개즈힐 우리 넷이 열 명 남짓을 습격했어—

폴스타프 〔왕세자에게〕 최소 열여섯 명일세, 왕세자 나리.

개즈힐 그리고 그들을 묶었지.

피토 아니, 아냐, 그들은 묶이지 않았어.

폴스타프 이놈아, 그들은 한 사람 한 사람 모두 묶였어, 아니면 내가 유대인이다. 그것도 히브리 유대인.

개즈힐 우리가 몫을 나누고 있는데, 예닐곱 명 되는 새로운 치들이 우릴 덮치더라구.

폴스타프 그리고 나머지를 풀어 주었어, 그런 다음 다른 놈들이 또 왔고.

해리 왕세자 뭐라, 네가 그들 전부와 싸웠다고?

폴스타프 전부? 네가 말하는 전부가 뭔지는 모르겠지만, 그들 중 50명과 싸우지 않았다면, 내가 무 한 다발이다. 불쌍한 늙은 잭한테 덤빈 놈이 50명하고도 두세 명 더 아니면, 그렇다면 난 두 발로 걷는 짐승이 아니야.

해리 왕세자 혹시 그중 몇을 죽인 게 아니기를 하나님께 기도해야겠군.

폴스타프 아냐, 기도해도 이미 소용없네. 내가 그중 두 놈은 아주 따끔한 맛을 보여 주었거든. 두 명은 내가 확실히 끝장을 냈지—아마포 복장 두 놈을. 정말이야, 할, 만일 내가 네게 거짓말하는 거라면, 내 얼굴에 침을 뱉어도 좋아, 날 말이라 불러도 좋고. 너 알잖아 나의 오랜 방어 자세를—

〔그가 싸우려는 자세를 취한다〕

내가 이런 자세였고, 이렇게 칼끝을 겨눴지. 아마포 복장 네놈이 나한테 달겨드는 거라.

해리 왕세자 뭐, 네 명? 방금 전엔 두 명뿐이라고 했잖아.

폴스타프 네 명이야, 할. 너한테 네 명이라 그랬잖아.

포인즈 맞아, 맞아, 네 명이라고 했어.

폴스타프 이 네 놈이서 나란히, 날 강력하게 찔러 오는 거야. 난 더 이상 법석 떨 것 없이, 그들의 칼끝 일곱 개 모두를 방패로 막아 냈지, 이렇게.

그가 둥근 방패로 방어 동작을 해 보인다.

해리 왕세자 일곱? 아니, 방금 전에는 넷이라더니.

폴스타프 아마포 복장이?

포인즈 그래, 아마포 복장 네 명.

폴스타프 일곱이야, 이 칼자루에 맹세코, 아니면 내가 악당이다.

해리 왕세자 〔포인즈에게 방백〕 그냥, 그를 내버려 둬 봐. 곧 더 늘어날 테니까.

폴스타프 내 말 듣는 거야, 할?

해리 왕세자 물론, 그것도 귀담아듣고 있지, 잭.

폴스타프 그래야지, 귀담아들을 만한 가치가 있으니까. 내가 말한 이 아마포 복장 아홉 명이—

해리 왕세자 〔포인즈에게 방백〕 거봐, 벌써 두 명 늘었잖아.

폴스타프 그놈들 끝이 부서지니까—

포인즈 〔왕세자에게 방백〕 끈 떨어졌으니, 바지가 훌렁 벗겨졌겠군.

폴스타프 슬슬 물러나기 시작하더라구. 하지만 내가 바싹 따라붙었어, 촉각을 곤두세우고, 그리고, 생각처럼 빠르게, 열한 놈 중 일곱을 보내 버렸어.

해리 왕세자 오 괴물이다! 아마포 복장 열한 명이 두 명한테서 나
　　　　왔어!

폴스타프 하지만, 악마가 뭔가 못마땅했는지, 조잡한 캔들 산 풀
　　　　옷 차림의 꼴사나운 놈 셋이 내 등 뒤로 덮치는거라, 너무 어
　　　　두웠거든, 할, 자기 손도 안 보일 정도로 말야.

해리 왕세자 이 거짓말은 거짓말 낳은 지 애비 그대로 닮았군―산
　　　　처럼 엄청나고, 공공연하고, 명백한 것이. 야, 이런 찰흙대가
　　　　리 똥배짱, 이런 아둔패기 바보 놈, 이런 애비 없고 음탕하고
　　　　더러운 지방 덩어리 모음통 같은 게―

폴스타프 뭐라, 너 미쳤어? 미친 거야? 사실은 사실 아닌가?

해리 왕세자 야 이놈아, 이자들이 캔들 산 풀옷을 입었는지 어떻게
　　　　아니, 너무 어두워서 네 손도 안 보였다며? 어디, 근거를 대
　　　　봐. 내 말에 어떻게 대답할 거야?

포인즈 대 봐, 네 근거를, 잭, 네 근거를 말야.

폴스타프 뭐야, 강제하는 거냐? 니미럴, 통닭구이 고문을 하든,
　　　　사지를 잡아당기는 세계 온갖 고문을 해 대든, 난 강제로는
　　　　입을 열지 않겠어. 강제로 니들한테 근거를 대? 근거가 천지
　　　　사방에 블랙베리처럼 널렸어 봐라, 내가 강제로 어느 누구한
　　　　테든 한 개라도 주는가. 난 강제로는 누구한테도 근거를 일체
　　　　못 줘, 나는.

해리 왕세자 난 이런 허튼 짓거리 그만두겠어. 이런 얼굴 빨간 겁
　　　　쟁이, 이런 침대 누르는 데 혈안이 된 놈, 이런 말 등 부서트
　　　　릴 놈, 이런 살덩이 거대 동산만한 놈―

폴스타프 니미럴, 너 이 영양실조 걸린 놈, 너 이 꼬마요정 껍데
　　　　기, 너 이 말라비틀어진 황소 혓바닥, 너 이 쇠좆매 같은 놈,

너 이 말린 대구—오, 숨이 막혀서 네놈 꼬라지 비유를 못하
겠네!—너 이 재단사 그것 같은 놈, 너 이 빈 상자, 너 이 활
통, 너 이 사악한 빳빳하게 선 쌍날칼 같은 놈—

해리 왕세자 그래, 숨 좀 돌리거라, 그런 다음 계속하든지, 그리고
천박한 비유에 너도 지쳤다면, 이 몸이 하시는 말씀 한마디
들어 봐.

포인즈 잘 들어, 잭.

해리 왕세자 우리 둘이 봤더니 너희 넷이 넷을 공격하고, 그들을
묶고, 그들 재화를 차지하더군.—이제 잘 들어. 뻔한 얘기 한
방이면 너는 가니까.—그때 우리 둘이 너희 넷을 공격했지,
그리고, 고함 한 번으로, 너희들이 약탈품을 버리고 도망치게
만들었고, 그걸 우리가 차지했어. 그래, 그걸 여기 이 집에서
보여 줄 수도 있고 말이야. 그리고 폴스타프, 너는 누구 못지
않게 민첩하더군, 네 내장 들고 튀는 게, 누구 못지않게 신속
하고 노련하더라, 그리고 살려 달라고 고함을 질렀지, 그리고
계속 도망치며 고함을 지르는 게, 수송아지가 따로 없더군.
너는 참으로 노예 같은 놈이다. 네 칼을 그렇게 직접 난도질
해 놓고는, 싸우다 그렇게 됐다고 하다니! 이제 어떤 간계가,
어떤 책략이, 어떤 쥐구멍이 널 이 공공연하고 명백한 치욕으
로부터 숨겨 줄 수 있단 말이냐?

포인즈 자, 들어 보자, 잭. 어떤 간계냐?

폴스타프 맹세코, 난 널 너를 만드신 분만큼이나 잘 알아보았어.
아니, 내 말 들어 보라구, 우리 선생들. 내가 법정 추정 상속
인을 죽여야겠어? 날더러 진짜 왕자를 공격하라구? 그래, 자
네들도 알다시피 난 헤라클레스처럼 용감해, 하지만 사람이

감을 따라야지. 사자도 진짜 왕자는 건드리지 않는 법—감이
란 대단한 거야. 나는 감으로 겁쟁이가 된 거라구. 앞으로 사
는 동안 내가 나 자신을 좀 더 낫게 평가하게 된 셈이지—나
는 용감한 사자로, 그리고 너는 진짜 왕자로. 하지만 맹세코,
청년들, 자네들이 돈을 갖고 있다니 기쁘군.—(부르며) 안주
인, 문을 걸어 잠그게.—오늘 밤은 흥청망청하고, 기도는 내
일 하는 거야. 미남들, 청년들, 소년들, 관대하고 성실하고 친
절한 마음들, 훌륭한 동료 의식의 온갖 칭호가 자네들한테 오
기를! 어때, 우리 즐겁게 놀까, 즉흥극을 해볼까?

해리 왕세자 좋지, 주제는 너의 줄행랑.

폴스타프 아, 그 얘긴 그만하자, 할, 네가 날 사랑한다면.

　　　　　여관 안주인 등장

안주인 어마나, 왕세자 나리!

해리 왕세자 어쩐 일이요, 안주인 여인, 내게 무슨 할 말이 있소?

안주인 저기, 나리, 궁정의 귀한 분이 나리께 드릴 말씀이 있다고
　　　문밖에서 기다리는데요. 나리 아버님께서 보내셨답니다.

해리 왕세자 귀족 값어치를 왕 값어치로 올려 주고, 우리 어머니한
　　　테 가 보라 하시오.

폴스타프 어떻게 생겨먹은 사람인데?

안주인 노인분이세요.

폴스타프 노인네가 한밤중에 웬일이래? 내가 너의 대답을 직접
　　　전해 주리?

해리 왕세자 그렇게 해 줘, 잭.

폴스타프 알았어, 내가 그를 소포로 부쳐 버릴 테니까. [퇴장]

해리 왕세자 자, 이보게들, [개즈힐에게] 참으로, 너 싸움 잘하더라—너도 그렇고, 피토, 너도 그래, 바돌프. 자네들 또한 사자들일세—감에 따라 도망쳤잖아. 진짜 왕자는 건드리면 안 되니까. 안 되지, 절대!

바돌프 정말, 난 다른 사람들이 달아나길래 덩달아 달아난 거야.

해리 왕세자 정말, 이제 정직하게 말해 봐. 폴스타프의 칼이 어떻게 그리 난도질을 당한 거지?

피토 그거야, 자기 단도로 그걸 마구 난도질했으니까. 그리고 그러더라고. 진실이 놀라 자빠져 잉글랜드를 버리게 할망정 자기는 반드시 그게 싸우다 그렇게 된 거라고 네가 믿게 만들겠다고. 그리고 우리한테도 보조를 맞추라고 꼬드기데.

바돌프 맞아, 뾰족 풀잎으로 코를 찔러, 코에서 피가 나게 하고. 그런 다음 옷에다 그걸 문지르고, 그게 진짜 사람 피라고 우기라는 거야. 지금부터 7년 전이면 나 그런 짓 못하지 —그의 괴상한 술수에 얼굴이 화끈거리더만.

해리 왕세자 오 악당, 네놈이 포도주 한 잔 훔친 게 18년 전이고, 현행범으로 체포됐고, 넌 그 후로 내내 얼굴 화끈해지는 게 자동이잖아. 얼굴에 불 있고 옆구리에 칼도 있었는데, 그런데도 넌 도망을 친 거다. 그게 무슨 감이냐?

바돌프 [자기 얼굴을 가리키며] 이봐, 이 운석들 보이나? 이 폭발들이 보여?

해리 왕세자 보인다.

바돌프 이게 무엇을 뜻한다고 보나?

해리 왕세자 뜨거운 간. 그리고 차가운 지갑.

바돌프 불뚱이지, 나리 선생, 제대로 보면. [퇴장]

해리 왕세자 아니지, 제대로 체포되면, 교수대 올가미지.

　　　〔폴스타프 등장〕

　　　깡마른 잭 선생 오시네, 뼈만 남은 그분 오셔. 어떤가, 나의
　　　상냥한 목화솜 채운 짐승? 그게 언제지, 네가 네 무릎을 네
　　　눈으로 본 것이?

폴스타프 내 무릎 말이냐? 내가 네 나이였을 땐 말이다, 할, 내 허
　　　리 굵기가 독수리 발톱 정도도 안 됐단다, 어느 시의원 엄지
　　　반지도 통과할 수 있었다고. 한숨과 슬픔이여 역병 걸려 뒈져
　　　라—사람을 방광처럼 부풀어 오르게 만든다니까. 해외에서
　　　지랄 같은 소식이 왔어. 이자는 니 애비가 보낸 존 브레이시
　　　경이라더라, 아침에 궁정으로 들어온란다. 북쪽의 바로 그 미
　　　친 놈, 퍼시, 그리고 웨일즈의 누구라나 악마도 때려잡고, 악
　　　마 대장도 오쟁이 지게 만들고, 십자가처럼 안 생긴 웨일즈
　　　쇠갈고리를 십자가 삼아 악마에게 진실한 충성을 맹세케 한
　　　그놈— 염병할 그놈 이름이 뭐지?

포인즈 오웬 글렌다워.

폴스타프 오웬, 오웬, 바로 그놈 그리고 그의 사위 모티머, 그리고
　　　늙은 노섬벌랜드, 그리고 그 원기 왕성한 스코틀랜드인 중 스
　　　코틀랜드인 더글라스, 이자는 말을 타고 수직 언덕을 그냥 내
　　　리닫는 놈인데—

해리 왕세자 빠른 속도로 말을 달리면서 피스톨로 날으는 참새를
　　　쏘아 맞추는 자지.

폴스타프 제대로 맞췄어.

해리 왕세자 근데 난 참새 맞춰 본 적 한 번도 없거든.

폴스타프 어쨌거나, 그자가 용기 하나는 끝내줘, 도망을 안 친다

구.

해리 왕세자 아니, 그건 또 무슨 소리냐 이놈아, 잘 달린다며, 도망
도 달리기거늘!

폴스타프 말 타고는 달리지, 이 멍청아, 하지만 걸어서는 한 발짝
도 안 움직인다 이거지.

해리 왕세자 그래, 잭, 감으로 말이지.

폴스타프 잘 아는군, 감으로 말이다. 어쨌든, 그도 거기에 있고,
모데이크란 자도, 그리고 천 명의 푸른 모자들, 스코틀랜드
병사들이 있다고. 우스터는 오늘 밤 빠져나갔대. 그 소식을
듣고 니 애비 수염이 하얗게 변했다더라. 이제 땅값이 썩은
고등어 값 되겠군.

해리 왕세자 아니 그렇다면, 그렇겠네, 더운 6월에 이 내전이 계속
되면, 처녀값이 구두징 값이겠네, 수백 명씩 살 수 있겠어.

폴스타프 참으로, 청년, 지당한 말이로다. 그 장사 썩 괜찮겠어.
근데 말해 봐라, 할, 너 엄청 떨리지 않냐? 하필 네가 법정
추정 상속자인데, 어떻게 세상이 바로 그 세 놈을 너하고 원
수 하라고 찍어 줄 수 있는 거지, 그 망할 놈 더글라스, 그 유
령 놈 퍼시, 그리고 그 악마 놈 글렌다워를? 너 엄청 겁먹은
거 아냐? 네 피에 소름 돋은 거 아냐?

해리 왕세자 전혀 아닐세, 참으로. 난 네 그 감이란 게 좀 부족해
서.

폴스타프 어쨌든, 너 내일 니 애비 만나면 겁나게 야단맞겠구나.
날 사랑한다면, 대답을 연습해.

해리 왕세자 네가 우리 아버지 역할을 하고, 내 생활에 대해 꼬치
꼬치 물어봐 주렴.

폴스타프 그럴까? 좋아. 이 의자가 나의 옥좌고, 이 단검이 나의
        왕홀, 그리고 이 방석이 내 왕관이로다.

        그가 앉는다.

해리 왕세자 네 옥좌는 나무 조각 짜 맞춘 의자, 내 황금 왕홀은 납
        단도, 그리고 네 귀중한 왕관은 불쌍한 대머리 수준이라는 얘
        기겠지.
폴스타프 어쨌든, 은총의 불이 네게서 아주 꺼져 버린 것이 아니
        라면, 이제 감동 먹을 준비를 하거라. 포도주 한 잔 줘, 눈이
        좀 충혈되어야 운 것처럼 보이지 않겠나, 왜냐면 난 격정에
        들떠 말해야 하거든, 그리고 난 그걸 캠비시스 왕처럼 요란꼉
        장 풍으로 하겠어.
해리 왕세자 〔절을 하며〕 자, 무릎 꿇었다 치고.
폴스타프 나는 왕이라 치고. 〔피토, 포인즈, 그리고 개즈힐에게〕 옆으로
        물렀거라, 귀족들.
안주인 어마나, 너무 재밌는 놀이네요, 정말.
폴스타프 울지 마시오, 상냥한 왕비, 눈물을 뚝뚝 흘려도 소용없
        으니.
안주인 오마나, 저 정색한 표정 좀 봐!
폴스타프 제발, 경들, 슬픈 나의 왕비를 모셔 가시오,
        눈물이 두 눈의 수문에 가득 찼으니.
안주인 이럴 수가, 유랑극단 배우들과 저렇게 똑같은 건 처음 봤
        네!
폴스타프 조용하시오, 술단지, 조용하라구, 술주정뱅이.—해리,
        나는 경악을 금치 못하겠구나, 네가 시간을 보내는 그 장소

는 물론이고 네가 함께 어울리는 패거리들을 보면 말이다. 왜 냐면 비록 카밀레 약초는, 밟히면 밟힐수록, 더 빨리 자란다 고 하더라만, 하지만 젊음은, 낭비하면 할수록, 더 빨리 시드 는 법. 네가 내 아들이라는 것은 네 어머니 말이 일부, 그리고 나의 견해가 일부 보장하는 바이지만, 무엇보다 너의 그 악당 같은 눈초리, 그리고 아랫입술이 멍청하게 늘어진 것, 그것이 확증이다. 그렇담 만일 네가 내게 아들이라면, 요점은 이거 다. 왜, 내 아들이면서, 네가 그렇게 손가락질을 받고 있는 거 냐? 하늘의 축복 받은 태양이 학교 땡땡이나 치고, 블랙베리 를 먹어야겠어?—이렇게 물어보지는 않을 거야. 잉글랜드의 아들이 도적의 본심을 드러내고, 지갑을 훔쳐야겠어?—이렇 게 질문하겠지. 그런 게 있어, 해리, 너도 여러 번 들어 봤을 테고, 우리 나라 사람들은 대개들 역청이라고 부르는 거. 이 역청은, 옛날 작가들이 보고한 바에 의하면, 사람을 아예 버 려 놓지. 네가 어울려 다니는 패거리가 바로 그렇다. 왜냐면 해리, 나 지금 술 취한 게 아니라 눈물로 하는 얘기이니라, 재 미가 아니라 격해서, 말뿐 아니라 거기에 비탄까지 섞어 하는 얘기이거늘. 그렇지만 그중 한 분은 덕이 높으시더구나, 너와 이따금씩 어울리는 걸 내가 살펴보았더니 말이다. 그분 이름 은 모르겠다만.

해리 왕세자 어떻게 생겨먹은 사람인지, 폐하께 여쭈어봐도 될까
　　요?

폴스타프 사람 좋고, 풍채도 당당하고, 정말, 비대한 편이었어, 쾌
　　활한 표정에, 즐거운 눈빛, 그리고 너무나 고결한 거동이었
　　어, 그리고, 내 생각에, 나이는 한 오십, 혹은, 참으로, 육십에

가까운 쪽. 그래 이제 기억이 나는군, 그의 이름은 폴스타프야. 그 사람이 음탕하다면, 내가 속은 거겠지, 왜냐면, 해리, 난 그의 얼굴에서 미덕을 보았거든. 만일, 그렇담, 열매로 나무를 알 수 있다면, 나무로 열매를 알 수 있듯, 그렇담 단호하게 내가 말하노니─그 폴스타프 안에는 미덕이 있다. 그와는 계속 친하게 지내거라, 나머지는 추방하고. 그리고 이제 말하라, 이런 한심한 놈 같으니, 말해 봐, 이 달에 네놈은 어디 있었는고?

해리 왕태자 그게 왕의 말투라고? 넌 나나 해, 왕 역할을 내가 할 테니까.

폴스타프 〔일어서며〕 나를 폐위시키겠다 이거지. 네가 그 역을 나의 반만큼만 장중하게, 말과 알맹이 모두 위엄 있게 해 낸다면, 날 젖도 안 뗀 집토끼마냥, 혹은 가금육 푸줏간에 내걸린 산토끼마냥 거꾸로 달아매도 좋다.

해리 왕세자 〔앉으며〕 어쨌든, 여기 내가 앉았다.

폴스타프 여기 내가 섰고. 〔다른 사람들에게〕 심판을 봐, 우리 선생들.

해리 왕세자 자, 해리, 넌 어디서 왔느냐?

폴스타프 고결하신 저의 폐하, 이스트칩에서 왔나이다.

해리 왕세자 내가 듣자니 너에 대한 불만이 심각한 수준이도다.

폴스타프 제기랄, 폐하, 그것들은 모두 거짓말이에요. 〔다른 사람들에게〕 기다려 봐, 내가 젊은 왕자 역도 웃기게 잘할 테니까, 정말.

해리 왕세자 욕을 하는 게냐, 이 버르장머리 없는 놈? 앞으로 결코 날 쳐다보지도 말렷다. 네놈은 정말 형편없이 망가졌구나. 악마 하나가 뚱뚱한 노인 모습으로 널 쫓아다니고 있는 게야, 커다란 인간 술통이 동료라니. 왜 어울려 다니는 거냐, 그 체액만 가득 찬 가방, 그 음탕만 쌓인 체 상자, 그 부풀어 오른 물집 꾸러미, 그 엄청난 포도주 가죽 부대, 그 내장만 가득 든 여행 가방, 그 뱃대기를 속으로 가득 채운 메닝트리 황소 통구이, 그 교훈극에나 등장하는 악덕 선생, 그 회색의 죄악이란 자, 그 애비인 악당, 그 허영심이라는 늙은이 따위와? 도대체 그놈이 잘하는 게 뭐냐, 포도주에 환장해서 처마시는 것 말고는? 뭐 하나 깔끔한 솜씨가 있어, 거세 수탉 고기 썰어 입에 처넣는 것 말고는? 무슨 장기가 있느냐, 나쁜 짓에 말고는? 나쁜 짓은, 모르는 게 없지 않느냐? 좋은 일은, 하나도 모르지 않느냐?

폴스타프 죄송하지만 폐하께서 무슨 말씀을 하시는 건지. 누굴 두고 하시는 말씀이옵니까 폐하?

해리 왕세자 그 흉악무도한, 구역질나는 청년 오도자, 폴스타프 말이다 그 늙은 흰 수염 사탄 말이야.

폴스타프 폐하, 그분을 제가 아옵니다.

해리 왕세자 네가 안다는 것을 나도 아노니.

폴스타프 하지만 그분이 저보다 더 해악이 많다고 말한다면 저는 제가 아는 것 이상을 말하는 것이옵니다. 그분이 나이 든 것은, 그래서 더욱 안된 일이죠, 그의 백발이 증언하듯이. 하지만 그가, 폐하께는 죄송한 말씀이지만, 호색가라는 점은, 제가 일체 부인하는 바입니다. 포도주와 설탕이 흠이라면, 하나님께서 알아서 하실 일이지요. 하지만 늙고 유쾌한 것이 죄라면, 내가 아는 숱한 여관 주인들도 모두 지옥행일 겁니다. 뚱뚱하다고 미움을 받아야 한다면, 파라오 꿈에 나타난 기아의 야윈 소 일곱 마리를 사랑해야겠죠. 아닙니다, 훌륭하신 우리 폐하, 피토를 추방하십시오, 바돌프를 추방하고, 포인즈를 추방하세요. 하지만 상냥한 잭 폴스타프는, 친절한 잭 폴스타프는, 진실한 잭 폴스타프는, 용감한 잭 폴스타프는, 그리고, 사실 그대로, 늙은 잭 폴스타프는,

폐하의 해리 곁에서 추방하지 마소서,

폐하의 해리의 동료인 그를 추방 마소서.

비대한 잭을 추방하시면, 전 세계를 추방하시는 것이옵니다.

해리 왕세자 추방하고말고. 추방할 것이야.

안에서 문 두드리는 소리. 여관 안주인 퇴장.
바돌프, 뛰면서 등장

바돌프 오, 나리, 나리, 보안관이 엄청 사나워 보이는 경관들과 함께 문에 와 있어.

폴스타프 퇴장, 이 망할 놈! 공연을 끝까지 치러야 할 거 아닌가! 폴스타프를 위해 내가 변호해 줄 대사가 많다구.

여관 안주인 등장

안주인 이를 어째, 나리, 나리!

해리 왕세자 이런, 이런, 이런 호들갑이 다 있나! 무슨 일이오?

안주인 보안관하고 온갖 경관들이 문 앞에 있어요. 집을 수색하러 왔대요. 들여보내요?

폴스타프 들었지, 할? 진짜배기 황금을 위조 화폐로 몰면 안 되

지—너야 본질적으로 그렇다 하나, 외모가 아닌 게 문제고.

해리 왕세자 넌 타고난 겁쟁인데, 감이 없다는 게 문제고 말이지.

폴스타프 난 너의 그 대전제가 싫어. 너도 보안관이 싫다면, 뭐 그
　　러거나 말거나. 그게 아니라면, 들어오게 하는 거야. 나도 교
　　수형 집행 마차에 다른 사람 못지않게 어울리는 사람이야, 아
　　니라면 내가 받은 교육이 역병 걸려 돼질 일이고. 나도 다른
　　사람 못지않게 빨리 올가미에 질식사할 거라고 봐.

해리 왕세자 어서, 벽걸이 융단 뒤로 몸을 숨겨. 나머지는 위로 올
　　라가고. 자, 여보게들, 진실된 표정 짓고 훌륭한 양심 챙기고
　　들 있어.

　　　　포인즈, 바돌프, 그리고 개즈힐 퇴장

폴스타프 내가 전에는 그 두 가지 모두 지녔으나, 유효 기간이 지
　　났군, 그러니 내가 내 몸을 숨길 밖에.

　　　　그가 벽걸이 융단 뒤로 물러난다.

해리 왕세자 〔여관 안주인에게〕 보안관을 들이세요.
　　　　〔여관 안주인 퇴장〕
　　　　〔보안관과 짐꾼 한 명 등장〕
　　뭐요, 보안관 선생, 나한테 무슨 볼 일이라도?

보안관 우선, 죄송하옵니다, 왕세자 전하. 사람들이 고함을 지르
　　며
　　추적하던 사내들 몇이 이 집으로 들어왔다고 해서요.

해리 왕세자 어떤 사내들인데?

보안관 하나는 잘 알려진 놈이에요, 은혜로우신 전하,

몸집이 엄청나고, 비대한 자죠.

짐꾼 버터처럼 비대하죠.

해리 왕세자 그자는, 분명, 여기 없다.

　　　내가 직접 바로 지금 심부름을 보냈거든.

　　　그리고, 보안관, 내가 당신께 맹세코

　　　내일 점심때까지

　　　당신한테 보내 심문을 받게 하겠소. 그자를, 혹은 누구든,

　　　각자의 온갖 혐의 사실에 대해서 말이오.

　　　그러니 이제 그만 이 집에서 나가 주시오.

보안관 그리하겠습니다, 전하. 신사 두 분이

　　　이 강도 사건에서 3백 마르크를 빼앗겼어요.

해리 왕세자 그럴 수도 있겠지. 그자가 그분들께 강도짓을 했다면,

　　　마땅히 대가를 치러야지. 그건 그렇고, 잘 가시오.

보안관 안녕히 주무십시오, 고결하신 전하.

해리 왕세자 안녕히 주무셨습니까가 맞을걸, 아닌가?

보안관 정말 그렇군요, 전하, 전 지금이 두 시인줄 알았습니다.

　　　　　보안관과 짐꾼 퇴장

해리 왕세자 이 기름투성이 악당이 성 바오로 성당만큼이나 유명

　　하다니까,

　　　가서 이제 나오라 그러게.

피토 폴스타프!

　　　〔그가 벽걸이 융단을 걷으면, 폴스타프가 잠들어 있다〕

　　　곯아떨어졌네

　　　벽걸이 융단 뒤에서, 말처럼 코를 골면서 말야.

해리 왕세자 거참 숨 쉬는 걸 되게 힘들어 하는군. 주머니를 뒤져 봐.

〔피토가 그의 주머니를 뒤지다가 어떤 쪽지를 발견한다〕

〔그가 벽걸이 융단을 다시 닫고 앞으로 나온다〕

뭐가 있어?

피토 종이쪽지 밖에 없는데, 나리.

해리 왕세자 뭔가 보자구. 읽어.

피토 〔읽는다〕 품목: 거세 수탉 고기   2실링 2펜스.

품목: 소스   4펜스.

품목: 포도주, 2갤런   5실링 8펜스.

품목: 저녁 식사 후 멸치와 포도주 2실링 6펜스.

품목: 빵   반 페니.

해리 왕세자 오 괴물이다! 하지만 이렇게 배 터질 분량의 포도주에 빵은 단 반 페니어치야! 또 뭐가 있나, 잘 보관해 둬, 더 재미날 때 읽어 주자구. 저놈은 거기서 날 밝을 때까지 자게 둬. 난 내일 아침 궁정으로 갈 테니까. 우리 모두 전쟁터로 나가야 하는데, 너한테는 명예로운 직위를 주마. 그리고 이 뚱뚱보한테는 발로 뛰는 병사 몇 놈 맡길 거고, 이자는 스무 걸음 열두 번이면 죽어 나자빠질 거야. 돈은 돌려 줘, 이자 붙여서. 아침 일찍 나한테 오도록 하고, 이제 가 봐, 피토.

피토 잘 가, 훌륭하신 나의 나리.

따로따로 퇴장

제3막

내가 온갖 예의범절을 하늘에서 훔쳐 와
스스로 겸손함의 의상을 말끔히 갖추었으므로
끄집어낼 수 있었다. 백성들 마음에서 충성심을,
백성들 입에서 함성과 환호를,
합법적인 왕이 보는 앞에서조차 말이다.

3막 1장

웨일즈, 글렌다워 성

　　　　핫스퍼, 우스터 백작, 모티머 경, 그리고 지도를 든 오웬 글렌다워
　　　　등장

모티머　이 약속들은 정당해, 우리 편은 확실하고,

　　　　출발부터 전망이 아주 밝군.

핫스퍼　모티머 경과 친척 글렌다워,

　　　　좀 앉으시지요? 우스터 백부도 앉아 주실래요?

　　　　〔모티머, 글렌다워, 그리고 우스터가 앉는다〕

　　　　젠장할, 지도를 깜빡했네!

글렌다워　아니, 여기 가져왔소. 앉아요, 친척 퍼시, 앉으라구,

　　　　훌륭하신 친척 핫스퍼,

　　　　〔핫스퍼가 앉는다〕

　　　　왜냐면 그 이름으로

　　　　랭커스터가 친척 얘기를 할 때마다,

　　　　그의 두 뺨이 창백해지고, 한숨을 깊게 쉬며

　　　　우리 친척이 하늘나라에 있으면 하고 바랍디다.

핫스퍼　당신은 지옥에 있으면 하고 바라고요,

　　　　그가 오웬 글렌다워 얘기를 들을 때마다 말입니다.

글렌다워　그를 탓할 일도 아니죠. 내가 태어날 때

하늘의 이마가 온통 타는 듯한 형체들로,

불타는 쇠바구니들로 난리였소. 그리고 내가 태어날 때

대지의 틀과 거대한 토대가

겁쟁이처럼 와들와들 떨었지.

핫스퍼 아니 그거야, 그럴 수 있겠죠,

같은 시기 당신 어머니의 고양이가

새끼를 까기만 했더라도, 당신은 태어날 필요도 없이 말이

오.

글렌다워 내가 말하거니와 내가 태어날 때 대지가 정말 몸을 떨었

소.

핫스퍼 그리고 내가 말하거니와 대지는 나와 다른 생각이었다는

거요.

당신이 생각하듯 당신이 무서워 대지가 몸을 떨었다면.

글렌다워 하늘은 온통 불바다였고, 대지는 정말 몸을 떠는데—

핫스퍼 오, 그렇다면 대지가 몸을 떨어 하늘의 불을 보려는 거였

겠지,

당신의 탄생을 두려워해서가 아니고.

병에 걸린 자연이 종종 일으키는 거요

이상한 붕괴를, 비옥한 대지가 이따금씩

일종의 산통에 꼬집히고 몸을 뒤틀고 그러는 거요

막무가내인 바람을

그녀 자궁에 가두어 놓은 것 때문에, 그 바람이 더 큰 세상

으로 나오고 싶어

그 늙은 할머니 대지를 뒤흔들거든 그리고 넘어뜨리지

뾰족탑과 이끼 긴 탑을. 당신 태어날 때

우리 할머니 대지가, 이렇게 탈이 나신 고로,

격렬하게 몸을 떠신 거라구.

글렌다워 친척, 여러 사람한테

내가 이 반론을 인내해 주는 것은 아니오. 괜찮다면

다시 한 번 친척께 말해 두거니 내가 태어났을 때

하늘의 이마는 온통 타는 듯한 형체들로 난리였소,

염소들이 산에서 달아나고, 가축떼가

질겁한 들판에 기묘하게 시끄러운 소리를 보냈소.

이런 전조들은 나의 특별함을 보여 주는 것이었고,

나의 전 생애가 보여 주듯

난 평범한 운명을 타고나지 않았소.

어디 있단 말이오, 잉글랜드, 스코틀랜드, 웨일즈의

해변을 꾸짖는 사면의 바다 안에,

날 제자로 부르거나 날 가르친 적 있는 사람이?

그리고 어디 데려와 보시오, 여자한테서 태어난 자라면 그

누구든,

나를 따라 그 길고 고된 마법의 길을 걸어와,

심오한 마력에서 날 따라잡을 수 있는 자를.

핫스퍼 〔일어나며〕 괴상한 웨일즈 사투리 지껄이는 건 누구도 못

따를 것 같소만.

난 저녁이나 하겠소.

모티머 입 닫으라, 매제 퍼시, 저분을 화나게 하고 있어.

글렌다워 난 지하세계에서 유령들을 부를 수도 있소.

핫스퍼 그거야, 나도 그럴 수 있지, 아니 누구나 그럴 수 있어,

하지만 당신이 부른다고 그들이 정말 올까요?

글렌다워 물론, 내가 자네한테 가르쳐 줄 수도 있어, 친척, 악마를
　　　　지배하는 법을.
핫스퍼 그리고 난 당신한테, 친척, 악마를 수치스럽게 만드는 법
　　　　을 가르쳐 줄 수 있어,
　　　　　진실을 말하면 돼요. '진실을 말하면, 악마는 수치스러워한
　　　　다' 있잖아요.
　　　　　당신이 악마를 불러낼 능력이 있다면, 이리 불러내라구,
　　　　　그러면 맹세코 나도 능력이 있어, 악마한테 수치를 안겨 당
　　　　장 달아나게 할 수 있다고.
　　　　　오, 살아 있는 동안, 진실을 말하고 악마한테 수치를 안기시
　　　　오.
모티머 자, 자, 그런 쓸데없는 얘기 그만들 하시고.
글렌다워 세 번이나 헨리 볼링브루크가 공격해 왔소,
　　　　　나의 군대를, 세 번을 와이 둑과
　　　　　모래 바닥 세번에서 내가 그를 물리쳐
　　　　　별 볼 일 없이 돌아가게 했지, 험한 날씨로 실컷 고생을 시
　　　　키면서.
핫스퍼 장화도 안 신고, 게다가 험한 날씨에 귀향했구나!
　　　　　어째서 그가 열병에 걸리지 않았을까, 귀신 곡할 노릇이네?
글렌다워 자, 지도를 봅시다. 우리가 영토를,
　　　　　삼자 합의에 따라 배분하는 거 맞소?
모티머 부주교께서 나누셨습니다.
　　　　　세 개 구역으로 아주 평등하게.
　　　　　잉글랜드는 트렌트 및 세번에서 여기까지
　　　　　남부와 동부가 우리 쪽에 할당되었고,

서쪽 전부가—세번 해변 너머 웨일즈와

그 경계 내 비옥한 땅 전부가—

오원 글렌다워 몫입니다. 〔핫스퍼에게〕 그리고, 소중한 매제,
자네한테는

트렌트 북쪽의 나머지 땅이 할당되었다.

계약서가 세 통 작성되었는데,

그것에, 세 사람이 모두 인장을 찍고—

오늘 밤에 그리하십시다—

내일은, 퍼시 매제, 자네하고 나

그리고 나의 훌륭하신 우스터 경이 출발을 하여

자네 아버님 및 스코틀랜드 병사들을 만날 것이야,

우리에게 약속된 대로, 슈루즈버리에서.

내 장인, 글렌다워께서는, 아직 준비가 안 되셨고,

향후 14일 동안은 그분 도움이 필요하지도 않을걸세.

그 기간 동안 장인께서 끌어 모으시면 되겠지요

장인의 소작인들, 친구들, 그리고 이웃 신사분들을.

글렌다워 그렇게까지 안 걸리고도 여러분과 합류할 수 있을 거요,
영주님들,

그리고 내가 여러분 부인들을 호위해야 할 것인데,

이제 영주님들은 부인들 몰래 작별 인사도 하지 말고 떠나
도록 하세요.

왜냐면 눈물바다가 될 것이오,

영주님들이 부인과 작별 의식을 치르게 되면 말이오.

핫스퍼 내 생각에는 여기 버튼부터 북쪽의 내 몫이

두 분 어느 쪽과도 대등하지 않은 것 같군요.

보세요 이 강이 내 해변으로 굽어들고,

내 영토 전체의 가장 알짜배기에서

거대한 반달 모양을, 엄청난 조각을 도려내잖아요.

내가 이곳 물줄기를 댐으로 막겠소,

그리고 여기 이 부드러운 은빛 트렌트 강을 흐르게 할 테요

새로운 수로로 공평하고 또 고르게.

이렇게 움푹하게 휘어서 흘러,

여기 너무나 비옥한 저지대 평원을 나한테서 빼앗아 가면

안 되죠.

글렌다워 휘면 안 된다구? 휘어야지, 휘어야만 해, 지금 휘고 있

지 않은가.

모티머 맞는 말이다만, 강줄기를 계속 따라가 보면, 위로 올라오

면서

맞은편에 똑같은 이득을 주잖니,

그렇게 생기는 알토란 같은 땅이

다른 쪽에서 자네가 손해 본 것과 비슷한 면적이라구.

우스터 맞는 말씀입니다만, 얼마 안 되는 비용이면 그가 여기 수

로를 다시 파고,

이 북쪽 측면의 갑을 먹어들게 되면,

강이 직선으로 고르게 흐르겠지요.

핫스퍼 난 그렇게 할 테요, 얼마 안 되는 비용으로 그리할 수 있을

것이오.

글렌다워 난 그 변경 반대요.

핫스퍼 반대라구?

글렌다워 그렇소, 당신이 그러지 못하게 할 것이고.

핫스퍼 누가 나를 말릴 수 있을까?

글렌다워 바로, 내가 말리겠소.

핫스퍼 내가 당신 말 못 알아듣는 걸로 합시다, 그렇다면. 웨일즈
　　　 말로 하든지.

글렌다워 난 영어를 할 수 있어, 이봐, 자네만큼 능숙하게,

　　　　 왜냐면 난 잉글랜드 궁정에서 자랐다,

　　　　 그리고 그곳에서, 아주 어렸기 때문에, 하프에 맞추어 지었
　　　 어

　　　　 그 숱한 잉글랜드 소곡들을 꽤나 근사하게,

　　　　 그래서 내 영어가 선율을 타게 되었고—

　　　　 자네한테서는 결코 볼 수 없는 미덕이지.

핫스퍼 맞고, 난 그게 다행스럽소. 나의 온 마음으로.

　　　　 차라리 새끼 고양이로 태어나 '야옹' 하는 게 낫지

　　　　 하나같이 그게 그거인 노래 담시 퍼트리는 거 질색이거든.

　　　　 차라리 놋쇠 지팡이 선반에서 깎이며 내는 소리,

　　　　 아니면 마른 나무 바퀴가 축대에 삐그덕대는 소리 듣는 게
　　　 낫고,

　　　　 그 소리도 결코 내 신경을 거스르지는 못할 거야,

　　　　 그 어느 것도 그 가식적인 시보다는 낫지.

　　　　 그건 절뚝이는 경주마를 강제로 뛰게 하는 것 같거든.

글렌다워 그럽시다, 트렌트 강 흐름을 돌리죠.

핫스퍼 난 아무래도 상관없어요. 그 세 배의 땅이라도 난 줄 거요

　　　　 받을 만한 자격이 있는 친구라면 누구에게든지.

　　　　 하지만 거래 문제에서는—잘들 들으세요—

　　　　 머리카락 한 올의 9분지 1까지 따질 겁니다.

계약서는 작성되었나요? 우리 가 볼까요?

글렌다워 달빛이 환하오. 밤길을 떠나도 되겠소.

서사를 재촉하겠소. 그리고 알리겠소

부인들께, 영주님들이 이곳을 떠나신 것을.

아무래도 내 딸아이가 난리를 쳐 댈 것 같소,

그 아이는 제 남편 모티머한테 아주 홀딱 빠졌으니까. [퇴장]

모티머 이보라구. 퍼시 매제, 내 장인한테 그렇게 대들다니!

핫스퍼 어쩔 수가 없어요. 이따금씩 그가 내 화를 돋우거든요

용이 두더지를 잡을 거라는 둥,

몽상가 멀린과 그의 예언을 들먹이면서,

용이 어떻고 지느러미 없는 물고기가 어떻고,

독수리 날개 사자 몸통 그리핀이니 허물 벗은 까마귀니

이건 뭐 머리 들고 웅크린 혹은 뒷발로 일어선 문장 사자 얘

기도 아니고

무슨 귀신 씨나락 까먹는 소리가 그리 많은지

내가 아예 종교를 바꿔야 할 판 아닌가 말이오. 내 말 좀 들

어 보세요.

그가 어젯밤엔 최소한 아홉 시간을 날 붙들고 늘어지면서

악마의 이름들을 열거하는 거예요

자기가 부리는 하인이라면서. 난, '흠!', 그리고 '아, 그러시

군요!', 대꾸만 했지,

그자 말 한마디도 귀담아듣진 않았소. 오, 그자는 지루하기

가

지친 말 같고, 바가지 긁는 마누라 같고,

연기 그을린 집구석보다 더 따분해. 차라리

치즈와 마늘 먹으며, 풍차 안에서, 멀리 떨어져 살지,

맛난 음식 처먹으며 그자 얘기 들어 줄 생각은 없소

기독교 국가 내 아무리 화려한 여름 별장에서라도 말이오.

모티머 참으로, 그분 훌륭한 신사분이야,

독서도 엄청 하셨고, 능란하지

초자연적인 비법에, 사자처럼 용맹하고,

놀랄 정도로 사람이 좋아요, 아낌없이 주기로는

인도 광산이 따로 없고 말야. 말을 해야 알겠나, 매제?

그분은 자네 기질을 높이 평가하시고

자신이 의당 할 수 있는 말조차 자제하시는 거라네

자네가 기분을 거슬리게 하는 데도 말야, 정말, 꾹 참는 거지.

장담컨대, 살아 있는 사람 중 누구도

자네처럼 그분을 화나게 하고도

위험이나 꾸지람을 면하는 일은 없을걸세.

하지만 자주 그러지는 말게, 이렇게 간청함세.

우스터 〔핫스퍼에게〕 정말, 애야, 넌 너무 안하무인이고,

이곳으로 온 이래 네가 한 짓은

그분 인내심의 한계를 넘어서는 것이었어.

너는 배워야만 해, 애야, 이 결점 고치는 법을.

설령 그것이 종종 위대함, 용기, 고결한 피를 보여 준다 해도—

그리고 그것들이 남다른 너의 최고 특장이지—

하지만 이따금씩은 거친 분노,

무례함, 통제 불능,

오만, 시건방, 자만, 그리고 경멸로 드러나고,

이 중 가장 사소한 것이라도 떨쳐내지 못한다면 귀족은

인심을 잃고, 오명을 남기게 되는 것이야

여타 모든 장점들의 아름다움에,

그것들을 망가트려 버리는 거지.

핫스퍼 뭐, 잘 알아들었습니다. 훌륭한 예절이 큰아버지의 성공

을 돕기를!

〔글렌다워가 퍼시 및 모티머 부인과 함께 등장〕

저기 우리 부인들께서 오시네요. 우린 그만 떠나죠.

모티머의 아내가 울고, 그에게 웨일즈어로 이야기한다.

모티머 이거 참 환장해서 죽을 노릇이라니까.

내 아내는 영어를 못하고, 나는 웨일즈 말을 못해요.

글렌다워 내 딸이 울며 당신과 헤어지지 않겠다 하오.

자기도 군인이 되겠대, 전쟁터로 따라가겠다는 거야.

모티머 착하신 장인, 그녀와 내 여동생 퍼시가

신속하게 장인 행차를 따르게 될 거라고 말 좀 해 주세요.

글렌다워가 그녀에게 웨일즈어로 말하고, 그녀도 같은 언어로 대
답한다.

글렌다워 절대 그건 안 된다는군, 고집불통 말괄량이가 완전 앵돌

아졌어,

아무리 설득을 해도 소용이 없구먼.

모티머 부인이 웨일즈어로 말한다.

모티머 당신 표정은 잘 아오. 당신이
　　　넘쳐흐르는 천상의 두 눈동자로 흘리는 그 어여쁜 웨일즈어
는
　　　내가 너무도 잘 아오, 그리고 사내만 아니라면
　　　나도 비슷한 언어로 대답해 주었을 것이오.

　　　　　부인이 그에게 입을 맞추고, 다시 웨일즈어로 말한다.

모티머 난 당신의 입맞춤을 알아듣고, 당신은 내 입맞춤을 알아
　　　듣소,
　　　그리고 그것이야말로 촉감의 대화일 것이오,
　　　하지만 난 결코 학업을 빼먹지 않을 것이오, 내 사랑,
　　　그리고 반드시 웨일즈어를 배울 것이오, 왜냐면 당신의 혀
가
　　　웨일즈어를 감동적인 소곡만큼이나 달콤하게 만드는구려,
　　　아름다운 여왕이 여름 정자에서
　　　매혹적인 장식음의, 자신의 류트 반주에 맞춰 부르는 노래
　　　만큼이나 말이오.
글렌다워 저런, 자네가 울어 버리면, 저 애는 미쳐 날뛸 것이야.

　　　　　모티머 부인이 멍석 마루에 앉고, 다시 웨일즈어로 말한다.

모티머 오 무슨 말인지 도무지 알아들을 수가 없으니!
글렌다워 딸애가 당신 푹신한 멍석에 몸을 앉히고
　　　부드러운 당신 머리를 자기 허벅지에 기대라는군,
　　　그러면 당신이 기뻐할 노래를 불러 주고,
　　　당신 눈꺼풀에 잠의 신을 모셔서,

당신의 피를 기분 좋은 졸리움으로 매혹하면,

깸과 잠 사이 차이가

낮과 밤 사이 차이 같을 거라네,

천상의 마차 팀들이

동쪽에서 황금의 행로를 시작하기 전 시간의.

모티머 내 온 마음으로, 앉아서 그녀 노래를 듣겠습니다.

그때쯤이면 우리의 문서가, 아마도, 작성되겠지요.

그가 앉으며, 자기 머리를 웨일즈인 부인 허벅지에 기댄다.

글렌다워 그러면, 당신한테 음악을 연주해 줄 악사들이

여기서 1천 리그 떨어진 공중을 떠다니고 있으나,

즉시 이리로 올 것이오. 앉아서 경청해 주시오.

핫스퍼 이리 와요, 케이트, 누워서 하는 건 당신이 끝내주잖아.

와요, 어서, 어서 오라구. 그래야 내가 대가리를 당신 허벅

지 속으로 들여놓지.

퍼시 부인 이런 몹쓸, 덜렁쇠 같으니!

핫스퍼가 앉으며, 자기 머리를 퍼시 부인 허벅지에 기댄다. 음악

이 연주된다.

핫스퍼 이제 보니 악마는 웨일즈어를 아는군,

그러니 놀랄 일도 아닐세, 악마 성격 유난히도 변덕스러운

것이.

참으로, 그놈 연주 잘하네.

퍼시 부인 그렇다면 당신은 연주를 끝내주게 하겠군요,

당신은 온통 변덕뿐인 사람이니까.

기어들어 올 생각 말고 얌전히 있어, 이 도둑 양반아, 부인
　　의 웨일즈어 노래를 들어 보자구.
핫스퍼　차라리 내 암컷 사냥개 부인께서 아일랜드어로 짖는 소리
　　를 듣고 말지.
퍼시 부인　당신 머리 깨지고 싶어?
핫스퍼　아니.
퍼시 부인　그럼 가만있어요.
핫스퍼　그것도 아니—가만있는 건 여자 역이지.
퍼시 부인　근데 이 양반이 왜 이래!
핫스퍼　웨일즈 부인 침대로 가려고 그러지.
퍼시 부인　무슨 소리야, 그게?
핫스퍼　조용, 그녀가 노래한다.

　　　　　　여기서 모티머 부인이 웨일즈 노래를 부른다.

핫스퍼　가자, 케이트, 당신 노래도 들어 보자구.
퍼시 부인　난 안 해요, 정말 참으로.
핫스퍼　난 안 해요, 정말 참으로라니! 이런 넨장맞을, 당신 맹세
　　하는 게 영락없는 제과점 주인마누라군, '난 안 해요, 정말 참
　　으로!'니 '내가 살아 있는 것만큼이나 참으로!' 그리고
　　　'하나님이 이끌어 주실 것이듯이!'니 '대낮만큼 확실하게!'
　　따위.
　　　사스닛 감처럼 얄팍한 이 따위 담보들을 선서에다 갖다 붙
　　이는 건
　　　기껏해야 핀즈버리 중산층 구역이 한계라는 얘기 같다구.
　　　맹세할 때는, 케이트, 당신은 귀부인이니 귀부인답게,

입에 삼빡하게 맞아 떨어지게끔 하라구, '참으로' 따위

공짜 후추 생강 빵 처먹고 하는 악다구니 비슷한 것들은

일요일에나 작업복 벗고 벨벳 차림 나들이 즐기는 시민들

행태 아닌가.

자, 노래해.

퍼시 부인 난 노래 안 할 거예요.

핫스퍼 하기사 노래 잘해 봐야 재봉사, 혹은 방울새 노래 선생 밖

에 더하겠나. 〔몸을 일으키며〕 계약서가 작성되었으면, 난 앞으

로 두 시간 내에 떠날 거야. 그러니 당신 원할 때 오면 되겠

네. 〔퇴장〕

글렌다워 자, 어서, 모티머 경. 당신은 머뭇대는군

성미 급한 퍼시 경이 떠나려고 화급인 바로 그만큼.

이제 우리 문서가 작성되었을 터. 인장만 찍으면 되오,

그리고 나서 즉시 말을 탑시다.

모티머 〔몸을 일으키며〕 제 온 마음으로 그리하겠습니다.

부인들이 몸을 일으키고, 모두 퇴장

3막 2장

런던, 궁정

헨리 왕, 해리 왕세자, 그리고 대신들 등장

헨리 왕 경들, 잠시 물러나 주시오—웨일즈 공과 내가

사적인 대화를 나누어야겠소—하지만 근처에 대기해 주시오,

짐이 곧 대신들을 불러야 할 테니.

〔대신들 퇴장〕

난 모르겠구나, 하나님께서 혹시

내가 저지른 어떤 몹쓸 짓에 대한

그분의 은밀한 심판으로 내 혈통에서

내게 천벌 내릴 대리인을 태어나게 하셨던 것인지,

하지만 네가 사는 꼴을 생각하면

난 정말 확신하게 된다, 네가 태어난 것은 오로지

하늘의 가혹한 채찍질과 앙갚음으로

나의 과오를 벌하기 위해서라고. 그게 아니라면 말해 보거라,

어떻게 이토록 못된 비천한 욕망이,

이토록 구차하고, 이토록 뻔뻔스럽고, 이토록 음탕하고, 이토록 야비한 짓거리들이,

이토록 생산성 없는 계집질, 조야한 패거리들이

너와 어울리고, 네가 부화뇌동,

그것들이 네 위대한 혈통을 동반하면서,

위풍당당한 네 가슴과 어깨를 겨루려 든단 말이냐?

해리 왕세자 아뢰옵나니 폐하, 소자의 바람은

이 모든 악행을 제가 깨끗하게 해명할 수 있으면 하는 것이옵고

확신컨대 씻어낼 수도 있사옵니다,

소자의 몸에 덧씌워진 고소 내용 대부분을요,

하지만 소자는 먼저 폐하의 정상 참작을 간청코자 하나이다

꾸며 낸 숱한 이야기들을 소자가 반박하겠으나—

위대한 분의 귀는 듣기 마련이죠

미소 짓는 아첨꾼과 야비한 추문 떠버리들이 하는 이야기를—

바라건대, 소자가 어떤 대목에서는 정말 혈기 방장하여

그릇된 엉망진창 길을 방황한 것도 사실일 것이오니,

진심으로 그 죄 인정하는 소자를 용서해 주소서.

헨리 왕 하나님 용서를 빌 일이로다! 정말 알 수가 없구나, 해리,

네 기질은, 어쩌면 그렇게, 날개 펴고 날아가는 방향이

온갖 네 조상들과 정반대란 말이냐.

추밀원의 네 자리는 난폭한 행동 탓에 박탈되었다—

네 막내 동생 차지가 되었지—

그리고 너는 거의 이방인이나 마찬가지 신세로구나,

온갖 궁정 사람들과 내 혈통의 왕자들한테 말이다.

네 한창때 희망과 기대는

망가졌고, 모든 이의 생각이

정말 너의 몰락을 예상하고 있느니.

내가 나의 행색을 그리 낭비했었다면,

사람들한테 그리 값싸 보이고,

상스러운 무리와 그리 퀴퀴하고 만만하게 어울렸었다면,

여론은, 정말 그 여론 덕분에 내가 왕위에 올랐거니와,

여전히 왕권자에게 충성을 바치고,

나를 치욕스러운 추방자,

별 볼 일도 가망도 전혀 없는 신세로 추락시켰을 것이다.

행색을 거의 드러내지 않음으로써, 내가 움직이는 시늉만 해도

사람들은, 유성을 보듯, 내 모습에 경탄하였다,

자기 아이들한테 '저분이 바로 그분이다,' 그랬던 것이야.

다른 이들은 '어디, 어느 분이 볼링브루크시라구?' 그랬고 말이다.

그러고 나서 내가 온갖 예의범절을 하늘에서 훔쳐 와

스스로 겸손함의 의상을 말끔히 갖추었으므로

끄집어낼 수 있었다, 백성들 마음에서 충성심을,

백성들 입에서 함성과 환호를,

합법적인 왕이 보는 앞에서조차 말이다.

그렇게 짐은 나 개인을 싱싱하고 새롭게 유지했느라,

나의 인격을 고위 성직자 의상처럼 고이 모신 것이지—

눈에 띄게 되면 반드시 경탄을 자아내게끔—나의 위엄 또한 그리하여,

드물지만 그때마다 화려하여, 축제가 따로 없었고,

희소함으로 굉장한 장엄을 획득하였니라.

깡총대던 왕, 그는 어기적대며 오르내렸지

천박한 광대와 경솔한 재사들,

화르륵 타고 나면 그만인 곁가지들로 위엄의 침대를 더럽혔
다.

왕권과 희롱대는 바보들을 한데 섞었어,

그들의 조롱이 그의 위대한 이름을 신성모독하게 했고,

그냥 내버려 두었지, 자신의 명성이 훼손되건만,

아이들이 놀려 대고, 턱수염도 안 난 것들이 허튼 우스갯소
리로

시건방을 떠는 데도 말이다.

시정잡배의 동료가 되어,

자신의 몸을 대중한테 투항시켰다,

그래서, 날마다 사람들이 눈으로 집어삼키므로,

꿀이라도 이젠 물리고, 바야흐로

싫어지게 된다, 감미로움 자체가, 조금만 더 넘쳐도

너무 많이 넘치는 것처럼 느껴지는 게 세상사니까 말이다.

그래서 그가 눈에 띌 때마다,

철 지난 6월 뻐꾸기 신세였던 거라,

귀에 들린단들, 귀담아듣지 않고, 눈에 보인단들 보는 눈이

너무 많이 보았으니 식상하고 무뎌져서

전혀 거들떠보지 않는 눈이라는 거,

태양을 닮은 장엄한 자태가

드물게 경탄의 눈에 빛날 때

그것에 쏠리는 응시이기는커녕,

졸려서 눈꺼풀이 처지고,

눈뜬 채 잠을 자고, 표정 짓는 게 흡사

원수 만난 듯 못마땅한,

보는 것도 물리고, 배 터지고, 꾸역꾸역 넘어올 것 같지.

그런데 바로 그 범주에, 해리, 네가 해당되는구나.

네가 왕세자 신분을 잃은 것은

비천한 자들과 어울렸기 때문이니까. 한 사람도 빠짐없이

너의 상스러운 모습을 지겨워하고 있어,

오직 나의 두 눈만이, 너를 좀 더 보고자 원하므로,

지금 내가 원치 않은 짓을 벌이는구나—

바보같이 무른 마음에 흐려지다니.

　　　그가 운다.

해리 왕세자　소자 차후로는, 세 겹 자애로우신 폐하,

　　　좀 더 제 자신이 되겠나이다.

헨리 왕　마땅히 그래야지,

　　　너는 이 시각까지 당시의 리처드였으니까,

　　　내가 프랑스를 출발하여 레이번즈퍼러에 도착했을 당시 리처드 말이다.

　　　그리고 그때의 나는 바로 지금의 퍼시니라.

　　　지금 내 왕홀을 걸고, 또 내 영혼을 덤으로 걸고 말이지만,

　　　자질로 보면 그가 더 왕국을 요구할 만하지,

　　　순전 허깨비 계승자인 너보다야,

　　　왜냐면, 상속권도, 그 권리를 내세울 구실도 없으나,

　　　그는 말 그대로 영토 벌판을 무기로 가득 채우고,

무장한 왕의 턱을 겨냥하여 반란을 이끌고 있어.

그리고, 너 못지않게 연배가 뒤지지만,

연로한 영주와 존경받는 주교들이 그의 말에 따라 내닫고
있다,

피비린 전장으로, 다치기 쉬운 갑옷 차림도 아랑곳하지 않
고 말이다.

참으로 영생의 명예를 그는 획득했구나

그 유명한 더글라스를 대적하면서!—그의 드높은 용맹,

그의 맹렬한 기습 그리고 무장한 위대한 명성은,

온갖 군인 중에 단연 돋보이고

제 1의 용사 칭호를 받을 만한 것이었다,

그리스도를 받아들인 온갖 왕국을 통틀어서 말이다.

세 번이나 이 핫스퍼, 기저귀 찬 마르스,

이 아기 용사가, 작전을 펼쳐

패퇴시켰다, 그 위대한 더글라스를, 그를 한 번 사로잡았고

그를 풀어 주었어, 그리고 그를 친구로 삼아

뿌리 깊은 반항의 식욕을 가득 채우고,

짐의 옥좌의 평화와 안전을 뒤흔들었다.

자 이 사태에 대해 넌 뭐라 할 테냐? 퍼시, 노섬벌랜드,

요크 대주교 분, 더글라스, 모티머, 그들이

힘을 합쳐 짐에 맞서고, 무장 봉기 중이야.

하지만 내가 왜 이런 소식을 네게 전해 주고 있는 거지?

왜, 해리, 내가 나의 적들에 대해 네게 알려 주는 거지,

너야말로 나의 가장 가깝고 가장 소중한 적인데?—

너야말로 그들과 한패지, 너의 비굴한 노예근성,

천박한 행동거지, 그리고 화를 못 참는 기질은

퍼시 돈을 받고 나에 맞서 싸우는 것이고 말고,

개처럼 그의 발뒤꿈치를 좇고, 그가 낯을 찡그리면 쩔쩔매고,

네가 얼마나 타락했는가를 보여 주는 것이니.

해리 왕세자 그리 생각 마옵소서 그리되지 않을 것이옵니다.

그리고 소자 비옵니다, 하나님께서 그들을 용서하시기를,

폐하의 호감으로부터 소자를 그토록 멀리 떨어지게 한 그들 말이옵니다.

소자 이 모든 것을 퍼시의 목으로 벌충할 것이옵고,

그 영광스러운 날의 마지막 시간에

감히 소자 폐하의 아들이라 아뢸 것이옵니다.

소자 피칠갑 된 의상을 걸치고,

피투성이 가면으로 제 용모를 더럽히겠사오나,

그것이, 씻기고 나면, 소자의 치욕 또한 씻겨질 그때 말이옵니다.

그리고 그것은 그날일 것이옵니다, 그날이 언제든,

바로 이 명예와 명성의 아이,

이 용감한 핫스퍼, 만인이 칭송하는 이 기사와,

폐하의 형편없어 보이는 해리가 맞닥트리게 되는 그날.

왜냐면 그의 투구에 앉은 명예들 중 어느 하나도,

늘어날 것이면, 소자 머리에 덧씌워진

소자의 치욕은 배가될 것이옵니다, 왜냐면 그때가 오면

소자는 이 북부 출신 청년이 맞바꾸게끔 만들어 버릴 것입니다.

그의 영광스런 전공을 소자의 불명예와 말입니다.

퍼시는 소자의 대리인에 불과하옵니다, 착하신 폐하,

나 대신 영광스런 전공을 쌓아올리는,

그리고 소자가 그에게 요구할 계산서는 너무도 엄혹하여

그는 모든 영광을 하나도 빠짐없이 내놓아야 할 것이옵니다.

그럼요, 가장 사소한 삶의 명예조차 바쳐야죠.

아니면 소자가 그자 심장을 찢어 값을 받아내든지.

이것을, 하나님의 이름으로, 소자 이 자리에서 약속하오니,

하나님 뜻으로 소자가 이 약속을 이행하게 된다면,

진정으로 청컨대 폐하께서 아물게 해 주시옵소서,

소자의 오랜 방탕 생활이 소자에게 입힌 상처를,

혹시 이행 못한다면, 생명의 끝남이 모든 의무를 탕감해 줄 테고.

소자 십만 번을 죽더라도

이 맹세의 가장 작은 조각 하나 깨트리지 않을 것이옵니다.

헨리 왕 십만의 역도들이 이 맹세로 죽는도다.

하여 네게 군사 지휘권과 군왕의 믿음을 주노라.

〔월터 블런트 경 등장〕

어떻게 되어 가는가, 짐의 신하 블런트? 화급한 표정이로다.

블런트 화급한 사안이라서요.

스코틀랜드 모티머 영수가 전갈을 보내왔는데

더글라스와 잉글랜드 역도들이

지난 11일 슈루즈버리에서 합류했다고 합니다.

강력하고 무서운 군대라는 거예요,

협정 내용을 차질 없이 완벽하게 준수한다면,

국가를 수렁에 빠트릴, 유례없는 군세라는 겁니다.

헨리 왕 웨스트모얼랜드 백작이 오늘 출정하였소,

짐의 아들 랭커스터의 존 경도 함께,

이 소식은 벌써 닷새나 묵은 터.

오는 수요일, 해리, 네가 출정하게 될 것이다.

목요일에는 짐이 직접 진군할 것이고.

우리가 합류할 곳은 브리지노스, 그리고, 해리, 너는

글로스터셔를 가로질러 행군하거라, 그러면 예측건대,

여러 사정을 감안하더라도, 지금부터 열이틀 정도 후면

우리의 군대 전체가 브리지노스에 집결케 될 것이다.

처결할 일이 산더미처럼 쌓였도다, 가자꾸나.

우리가 꾸물댈수록 역도들만 유리해지나니.

　　　모두 퇴장

3막 3장
런던, 이스트칩의 한 여인숙

경찰 곤봉을 허리에 찬 폴스타프, 그리고 바돌프 등장

폴스타프 바돌프, 내가 지난번 작전 이후 겁나게 쪼그라든 거 같
지 않나? 몸이 마르지 않았어? 왜소해진 거 아냐? 제길, 살
거죽이 할망구 헐렁한 가운처럼 축 늘어지는 게 말야. 오래된
쭈그렁탱 사과처럼 시든 신세라구. 까짓거, 참회 기도나 올리
지 뭐, 느닷없이 말야. 마음 내킬 때 하는 거지 뭐. 곧 싫증이
날거야. 그리고 나면 참회할 근력이 없을 거구. 근데 교회 내
부가 어떻게 생겨 먹은지 기억날 리가 있나, 기억하고 있다면
내가 신통찮은 후추 열매게, 양조장에서 부리는 늙은 말이고
말고─교회 내부라니! 동패들, 질 나쁜 동패들이, 이 몸을 망
가트렸어.

바돌프 존 경, 그렇게 쪼잔한 데 신경 쓰면 오래 못 살지요.

폴스타프 그래, 바로 그거야. 자, 음탕한 노래를 불러 봐, 날 즐겁
게 해 주라구. 난 원래 신사 되고도 남을 만치 많은 미덕의 소
유자였지. 넘치다마다. 욕을 거의 안 했지, 주사위 노름도 안
했지,─일주일에 일곱 번 이상은, 사창가에도 안 갔어─사분
의 일에 한 번 이상은─한 시간의 사분의 일, 빌린 돈은 갚았
어─서너 번은, 잘 살았지, 꽤나 절제를 했다구. 그런데 이게

뭐냐 내 인생은 엉망진창이고, 도무지 어떻게 해볼 수가 없으니.

바돌프 아니지, 너무나 뚱뚱하니까, 존 경, 도무지 어찌 해볼 수 없을 필요가 있는 거지, 맨 정신으로 당신 둘레를 재 보겠다고 누가 나서겠나.

폴스타프 네놈이 네놈 쌍통 고치면, 내가 내 인생을 고치마. 네놈은 우리 팀 해군제독이야, 주갑판에 등잔을 들고 섰잖나―근데 그 주갑판이 네 코거든. 네놈을 불타는 등잔의 기사로 불러야 할 판이다 이거야.

바돌프 아니, 존 경, 내 얼굴이 당신한테 무슨 해코지를 했다고.

폴스타프 안 했지, 맹세해도 좋아, 내가 그걸 잘 써먹었단 말이지, 흔히들 해골바가지 혹은 메멘토 모리, '너도 필경 죽을 것임을 기억하라' 따위를 잘도 써먹듯이 말야. 난 네놈 쌍통 볼 때마다 지옥불과 화려한 자주색 부호 다이비즈 놈 생각을 안 할 수 없거든―그놈이 거기서 그 의상 차림으로 불타는, 불타고 있는 모습이야, 매독 걸린 네놈 쌍통. 네놈이 한 번이라도 미덕에 몸을 맡긴 적 있다면, 난 네놈 얼굴을 걸고 맹세할 거야. 맹세 문구는 '하나님의 천사인 이 불을 걸고!' 하지만 네놈은 악덕으로 떡을 쳤다. 정말, 네 쌍통이 번쩍거려 그렇지, 순전한 어둠의 자식이었고 말야. 네놈이 그날 밤 개즈힐을 뛰어올라가 내 말을 잡아챘을 때, 내가 네놈을 이그니스 파투우스, 도깨비불 덩어리로 알았던 게 아니라면, 내 돈 휴지 조각이 되어도 좋아. 오, 네놈은 부단한 횃불 개선 행렬이야, 영원한 모닥불 빛이고! 네놈 덕분에 대소 횃불 값 안 든 게 천 마르크는 될걸, 밤중에 네놈을 대동하고 여인숙들을 전전했으니—하지만 네놈이 내 돈으로 마신 수입 포도주 값이면 유럽에서 가장 비싼 양초 가게에서 그만한 빚을 너끈히 사들였을 게다. 내가 네놈의 그 불도마뱀 불을 꺼지지 않게 유지해 준 세월이 어언 삼십하고도 이 년이라. 하나님도 야속하시지 아무 보상도 없으니.

바돌프 그럼 내 얼굴을 당신 배 속에 들이면 되겠네!

폴스타프 하나님 맙소사! 그러면 내 심장이 타 버리고 말 텐데.

〔여인숙 안주인 등장〕

　어찌되었소. 꼬꼬댁 수다꾼 암탉 부인, 어느 놈이 내 호주머니를 슬쩍했는지 알아보셨소?

안주인 아니, 존 경, 무슨 생각을 하고 계신 거죠, 존 경? 내가 도둑놈을 내 집에 두고 있다 그 말이세요? 찾아보았어요, 물어보았구요. 제 남편도 그랬죠, 일일이 남정네고, 소년이고, 하인이고 할 것 없이 모두 말이에요. 우리 집은 터럭 십 분지 일도 없어진 적이 결코 없다구요.

폴스타프 거짓말이다. 안주인. 바돌프 수염 깎인 것만 해도 얼마나 많은데. 그리고 맹세코 난 소매치기를 당했단 말이다. 헛소리, 여자 아니랄까 봐, 꺼지라구.

안주인 누구, 나? 아니, 당신이 꺼져! 나 정말, 내 집에서 날 그렇게 부르는 사람 처음 봤네.

폴스타프 헛소리, 난 자네를 아주 잘 안단 말씀.

안주인 아니죠, 존 경, 당신은 날 몰라, 존 경, 내가 당신을 아는 거죠, 존 경. 당신은 나한테 빚이 있지요, 존 경, 그리고 이제 당신이 지금 트집을 잡아 내 돈을 어영부영 떼어먹으려는 거고. 내가 당신 등 따스하라구 사 준 셔츠가 열두 벌이오.

폴스타프 조잡한 아마포였어, 지저분하고 까끌까끌한 아마포, 빵
　　　　가게 주인마누라들한테 줘 버렸다구, 체로 쓰라고.

안주인 내 정조를 걸고 말하건대, 45인치당 8실링짜리 고급 아마
　　　　포였소. 게다가, 빚진 게 어디 그것뿐인가요, 존 경. 식사대에
　　　　다 식사 사이사이 마셔 댄 술값, 그리고 나한테서 꿔 간 돈,
　　　　24파운드.

폴스타프 〔바돌프를 가리키며〕 저자가 그중 한몫을 챙겼어. 갚으라고
　　　　하시게.

안주인 저 사람요? 저런, 저 사람 가난해요, 빈털털인걸요.

폴스타프 뭐라, 가난? 저자 얼굴을 보시게. 도대체 부자라는 게
　　　　뭐야? 저놈 코로 동전 찍고, 저놈 뺨으로 동전 찍으라 그래,
　　　　난 고린 동전 한 푼 안 내놓을 거니까. 아니, 당신 나를 간단
　　　　히 속여 먹겠다는 건가? 내가 내 여관에서 편히 쉬지도 못하
　　　　고, 소매치기를 당해야겠어? 할아버지가 주신 40마르크짜리
　　　　인장 반지를 잃어버렸던 말이다.

안주인 오 예수님, 〔바돌프에게〕 내가 들었다우 왕세자님이 저 사람
　　　　한테 말하는 걸, 한두 번이 아녜요, 그 반지는 구리로 만든 거
　　　　라구요.

폴스타프 뭣이 어째? 왕세자는 나쁜 놈이야, 교활한 악당이지. 〔곤
　　　　봉을 들어 올리며〕 참으로, 그자가 이 자리에서 그 따위 말을 내
　　　　뱉으면 개처럼 몽둥이찜질을 안겨 줄 것이야.

　　　　　〔해리 왕세자와 피토, 행군을 하며 등장하고 폴스타프가 그들을
　　　　　맞으며 곤봉을 파이프처럼 연주한다〕

　　　　어떤가, 청년, 그쪽 상황은, 정말로? 우리 모두 전쟁에 나가
　　　　야 하는 거야?

바돌프 그렇겠지, 둘씩 둘씩, 뉴게이트 죄수 풍으로 말야.

안주인 왕세자님, 제 말 좀 들어 보셔요.

해리 왕세자 뭐죠, 퀴클리 부인? 부군께선 잘 지내시는가요? 난 그분 썩 좋아해요. 충직한 사람이더라구요.

안주인 착하신 왕세자님, 제 말을 좀!

폴스타프 아무쪼록, 저 여잔 놔두고, 내 말에 귀를 기울이라구.

해리 왕세자 무슨 얘긴데, 잭?

폴스타프 어젯밤 내가 여기 이 커튼 뒤에서 잠이 들었는데, 주머니를 털렸단 말이지. 이 집이 갈보집으로 변한 거지. 주머니를 털다니.

해리 왕세자 뭘 잃어버렸는데, 잭?

폴스타프 물경, 할, 각 40파운드짜리 차용증서 서너 장에다, 내 할아버지께서 주신 인장 반지까지.

해리 왕세자 별 거 아니잖아, 8펜스나 나갈까.

안주인 제가 저분께 한 말이 그 말입니다. 왕세자님. 전하께서 그리 말씀하시는 걸 들었다는 말도 했고요. 그랬더니, 왕세자님, 저 사람이 전하께 쌍욕을 마구 퍼부어 댔어요, 입이 어지간히 걸은 사람이잖아요. 그리고 한다는 말이 전하한테 몽둥이찜질을 안기겠다고.

해리 왕세자 뭐라? 그가 그랬을 리가 없어요!

안주인 절 절개도, 진실도, 여자다움도 없는 년이라 부르셔도 좋아요, 제 말이 사실과 다르다면요.

폴스타프 네년이 믿음 없기로야 창녀촌 자두 스튜 표식이나 마찬가지고, 진실 없기로야 사냥꾼한테 끌려나온 여우나 마찬가지구만. 그리고, 여자답기로 말하자면, 네년에 비하면 그 남

우세스런 5월제 매리언도 구 민의원 마누라 자리를 꿰찰 수 있을 터. 꺼져, 이 물건이, 꺼지라구.

안주인 이봐요, 무슨 물건, 물건이 어째?

폴스타프 무슨 물건? 그야, 하나님께 감사드려야 할 물건 말이지.

안주인 난 하나님께 감사드릴 물건이 아니우. 그 점을 알으셔야지, 난 충직한 사내의 아내라구요. 그리고 당신 기사라지만, 날 그렇게 부르는 걸 보니 악당일세.

폴스타프 당신은 여성답다지만, 딴말하는 걸 보니 짐승일세.

안주인 이봐요, 무슨 짐승, 이런 악당 같으니, 당신 뭐라구?

폴스타프 무슨 짐승? 그야, 수달이지.

해리 왕세자 수달, 존 경? 왜 수달이지?

폴스타프 왜냐? 물고긴지 짐승인지 분간이 안 가잖아, 뭔 소릴 내는 건지 도무지 알 수가 없고.

안주인 천부당 만부당한 말씀. 당신이든 그 누구든 내가 내는 소리 못 알아들을 게 없지, 당신이 나쁜 사람이야, 당신이.

해리 왕세자 아주머니 말씀이 맞소, 안주인, 저 사람이 아주머니 중상모략 하는 게 아주 막돼먹었고.

안주인 왕세자님 중상모략도 했어요, 전하, 일전에 저자 하는 말이 전하께서 저자한테 1천 파운드를 빚졌다는 거예요.

해리 왕세자 〔폴스타프에게〕 이봐, 내가 자네한테 1천 파운드 빚이 있어?

폴스타프 1천 파운드, 할? 1백만 파운드지! 자네 사랑은 1백만 파운드 가치가 있어, 자넨 네게 사랑의 빚이 있고.

안주인 아녜요, 왕세자님, 저 사람이 전하를 '나쁜 놈'이라 하면서 전하께 몽둥이찜질을 안기겠다 했어요.

폴스타프 내가 그랬나, 바돌프?

바돌프 참으로, 존 경, 당신이 그렇게 말했소.

폴스타프 아무렴, 그가 내 반지 구리 반지라고 말했단 게 사실이
　　　라면.

해리 왕세자 그거 구리 반지 맞아. 자 이제 자네 말대로 해보겠는
　　　가?

폴스타프 왜 이래, 할, 당신 같은 사람은 빼고 그러겠다는 말이지,
　　　당신은 왕세자 아닌가, 사자 새끼 으르렁대는 거 겁나는 만큼
　　　은 당신이 겁나거든.

해리 왕세자 왜 사자가 아니고 사자 새끼만큼인가?

폴스타프 왕을 사자만큼 두려워해야지. 내가 자네를 자네 아버지
　　　만큼 두려워하겠는가? 아니지, 만일 그렇다면, 허리띠가 끊
　　　어져도 좋다.

해리 왕세자 오, 그게 정말 끊어지면, 창자가 무르팍께에 디룩디룩
　　　하겠군! 근데, 이보라구, 자네의 이 가슴 속에는 믿음도, 진실
　　　도, 정직도 들어설 틈이 없어, 창자하고 횡격막으로 꽉 찼거
　　　든. 정직한 여인을 소매치기 운운하며 괴롭혀? 이런, 이 후안
　　　무치 뚱땡이 호로 잡놈 같으니, 네놈 주머니에 기껏해야 여인
　　　숙 계산서나, 갈보집 주소 메모 쪽지, 그리고 정력제라는 서
　　　푼짜리 사탕 빨다 남은 거 정도지―네놈 주머니에 이것 말고
　　　또 손해날 게 있다면, 내가 나쁜 놈이다. 그렇지만 넌 계속 우
　　　기겠지, 동네방네 떠들고 다닐 거야. 창피하지도 않아?

폴스타프 내 말 들어 보겠나, 할? 아다시피 아담은 순결한 세상에
　　　서 타락했어, 그런데 불쌍한 보통 남자 폴스타프더러 악행의
　　　시대에 어쩌라는 게야? 자네 보다시피 내가 다른 사람보다

살이 더 많아, 그러니 더 유혹에 약하단 말이지. 네가 고백해야지, 그렇다면, 내 주머니를 턴 게 너라고.

해리 왕세자 말은 그럴듯하구만.

폴스타프 안주인, 자네를 용서하겠네. 가서 아침 준비 하시게. 남편 사랑하고, 하인들 보살피고, 손님들 정성껏 대접하도록. 이유만 합당하다면야 난 언제나 유순해지거든, 보다시피 난 언제나 평화주의자라고. 뭐하나, 어서, 가보시게.

　　　　〔안주인 퇴장〕

　자, 할, 궁정 얘기 좀 해보게. 강도 건은, 청년, 어떻게 결론이 났어?

해리 왕세자 오, 나의 맛좋은 쇠고기 씨, 난 여전히 너한테 훌륭한 천사표 금화인가 봐. 돈은 도로 돌려주었다.

폴스타프 오, 난 되돌려주는 거 맘에 안 드는데, 힘든 일 두 번 한 셈이잖아.

해리 왕세자 내가 아버님과 다시 친해졌고, 하고 싶은 일은 뭐든 할 수 있게 되었지.

폴스타프 그럼 너는 우선 왕실 금고를 털어 주어야겠다. 그것도 단 한 번에 말이다.

바돌프 그러시오, 왕세자.

해리 왕세자 내가 너한테, 잭, 보병 지휘관 직을 마련해 왔단다.

폴스타프 기병이면 좋았을걸! 도둑질 잘하는 놈을 어디 가서 찾지? 오, 스물두 살 무렵 짜리가 도둑으로는 그만인데! 정말 인력이 좆같이 부족하군. 뭐, 이 역도들 보내 주신 하나님께 감사해야지―그자들은 미덕 있는 부류만 괴롭힌다구. 잘하는 짓이지, 아무렴, 예찬받아 마땅해.

해리 왕세자 바돌프.

바돌프 예?

해리 왕세자 〔편지를 주며〕 이 편지를 랭커스터의 존 경,

　　내 동생 존에게 전하거라, 이것은 웨스트모얼랜드 경에게

　　전하고.

　　　　〔바돌프 퇴장〕

　　가서, 피토, 말을 가져와, 말을, 너하고 나는

　　저녁 식사 전에 30마일을 달려야 하거든.

　　　　〔피토 퇴장〕

　　잭, 내일 템플 홀 법학 학교에서 만나세

　　오후 두 시에.

　　거기서 자네를 임명하고, 또 거기서 내줄 거야

　　수당 및 장비 수령증을.

　　나라가 불타고 있어, 퍼시가 기세등등하지,

　　우리 아니면 그자가 거꾸러져야 하고 말야. 〔퇴장〕

폴스타프 말 한 번 근사하다! 멋진 세상이야! 〔부르며〕 안주인, 내

　　아침 식사, 안 가져오고 뭐하나!—

　　오, 이 여인숙이 우리 부대 진군북이라면 얼마나 좋을까!

　　　　퇴장

제4막

그들은 잘 꾸민 희생물처럼 오는 것이고,
눈이 불타는 포연 전쟁의 여신한테
우리가 그들을 온통 더운 피 뿜는 채로 바칠 것이오.
군장을 갖춘 마르스가 제단에 앉아 있겠지
피가 귀까지 차오른 상태로.

4막 1장

슈루즈버리 근처 반란군 진영

핫스퍼와 우스터 백작 그리고 더글라스 등장

핫스퍼   훌륭한 말씀이오, 고결한 스코틀랜드 분! 진실을 말하는
　　　것이
　　　　　이 번지레한 세상에 아첨으로 여겨지지 않는다면,
　　　　　더글라스 가문에 드릴 예찬은
　　　　　이 시대가 주조한 어떤 군인도 따를 수 없을 정도로
　　　　　세계에 널리 유통되는 것이라 하겠습니다.
　　　　　맹세코, 난 아첨은 못하오, 정말 혐오하죠
　　　　　아첨꾼들의 혓바닥을, 하지만 가장 용감한 자리를
　　　　　내 마음의 사랑 속에 차지한 분은 다름 아닌 공이시오.
　　　　　글쎄, 내 말 믿으세요, 한번 시험해 보시던지요, 공.
더글라스   공께서는 명예의 왕이시오.
　　　　　이 땅에 힘 있는 자 그 누구라도
　　　　　내가 대적해 드리리다.
핫스퍼   그리하세요, 좋고말고요.
　　　　　〔전령이 편지를 들고 등장〕
　　　　　무슨 편지냐? 고맙구나.

전령 나리 아버님께서 보낸 편지입니다.

핫스퍼 아버님이? 왜 직접 안 오시고?

전령 오실 수가 없습니다, 나리, 병환이 중하십니다.

핫스퍼 저런, 어찌 그리 한가히 아프실 수가 있단 말이냐,
　　　이 광포한 시기에? 누가 아버님 군대를 이끌지?
　　　누구의 지휘봉 아래 그들이 오고 있느냐?

전령 그분 편지에 그분 생각이 담겨 있습니다. 전 모르고요, 나
　　　리.

　　　　　핫스퍼가 편지를 읽는다.

우스터 말해 보라, 그분이 자리보전을 하셨는가?

전령 그렇습니다, 나리, 제가 출발하기 나흘 전부터요,
　　　그리고 제가 떠나올 때는
　　　의사들이 병세를 크게 걱정했습니다.

우스터 시대의 상태가 건강해진
　　　연후에나 병이 들었더라면 좋았을 것을.
　　　지금처럼 그분 건강이 요긴할 때가 없었건만.

핫스퍼 이런 때에 아프시다? 지금 몸이 쇠하시구? 이 병이 정말
　　　침투하는구나,
　　　우리 작전의 생명 피 속으로 곧장.
　　　여기까지 전염되고 있소, 심지어 우리 진영까지.
　　　여기 쓰인 내용은 내면의 병이 아버님을 붙잡고 있으며,
　　　대리인을 통해 그분 친구분들을
　　　그리 빨리 모을 수는 없고, 적절치도 않다는 생각이시랍니
　　　다.

그 위험천만하고 소중한 믿음을
직접 관계자 아닌 세력에 준다는 것이 말입니다.
하지만 과감한 충고도 과연 주셨네요,
우리의 소규모 연합군으로 계속 진군,
운명이 우릴 어떻게 대하는지 보라고요.
왜냐면, 편지 내용은, 이제 주춤할 수가 없답니다.
왕이 분명 보고를 받고,
우리의 온갖 의도를 알고 있을 테니까요. 여러분들 생각은?

우스터　네 아버지 와병이 우릴 불구로 만드는구나.

핫스퍼　위태로운 상처죠, 사지 하나가 잘려 나간 셈이고.
그렇지만, 참으로, 그건 아녜요. 그의 현재 부재는
보기만큼 나쁜 건 아닐 거예요. 좋았을까요,
우리가 지닌 재산 전체를 몽땅 걸고,
단 한 번 주사위를 던졌더라면, 그토록 많은 판돈을
믿을 수 없는 단 한 시간의 불확실한 기회에 걸었더라면?
좋을 게 없었죠, 왜냐면 그 한판에 우리는 읽게 되었겠죠,
희망의 밑바닥이자 밑창 바로 그것을,
우리의 모든 운명의
한계, 극한의 경계 바로 그것을 말입니다.

더글라스　그렇소, 우린 그래야 하고요, 남은 것은
달콤한 미래 유산이므로—우리는 과감하게 써 보는 거지,
다가올 것에 대한 희망에다 말이오.
그만한 은신처가 또 있겠는가.

핫스퍼　집결 장소죠, 몸을 숨길 내 집이고,
악마와 불운이 험상궂은 얼굴로

우리의 작전 개시를 노려본다면.

우스터 그렇지만 난 네 아버지가 여기 있었으면 좋겠구나.

우리 일의 내용과 성격으로 보아

분열이 있으면 감당을 못해요. 생각할 거야

네 아버지가 안 온 이유를 모르는 사람들 일부는,

현명해서, 충성심 때문에, 혹은 우리 하는 일이

정말 싫으니까 백작께서 안 오신 거라고 말이다.

그러니 잘 생각해라, 이런 우려가

소심한 지원군의 형세를 일변시키고,

우리 명분에 대한 모종의 의심을 번식시킬 수 있어.

왜냐면, 너도 잘 알겠지만, 우리는 도전하는 쪽이라

엄정한 판단과 거리를 두고,

막아야 한다 온갖 보는 구멍을, 이성의 눈이

우리를 엿볼지도 모르는 온갖 총안들을 말이다.

지금 네 아버지의 부재는 커튼을 열어젖히고

보여 주는 격이야, 무지한 자들한테 모종의 두려움,

전에는 상상도 못했던 두려움을 말이다.

핫스퍼 걱정이 지나치시네요.

전 오히려 아버님의 부재를 이렇게 활용할랍니다.

그것이 부여해 주는 거죠, 광휘, 더 위대한 위엄,

더 엄청난 대담무쌍을 우리의 위대한 작전에,

백작께서 이곳에 있을 경우보다 더. 왜냐면 사람들 생각은 분명

우리가 그분 도움 없이도 군사를 일으켜

왕국을 겨냥할 수 있는 거라면, 그분 도움이 있을 경우

왕국을 뒤엎어 버릴 수도 있겠구나 쯤일 테니까요.
아직까지는 모든 게 잘되어 왔어요, 아직까지는 우리 사지
가 모두 온전하다구요.

더글라스 가슴의 생각으로는, 그런 말
스코틀랜드에서는 쓰지 않소, 이런 공포의 용어는.

리처드 버논 경 등장

핫스퍼 내 사촌 버논! 환영하네, 진정으로!
버논 제가 가져온 소식이 그 환영에 값하는 것이기를 빕니다, 공.
웨스트모얼랜드 백작이, 7천의 병력으로,
이곳을 향해 진군 중입니다, 존 왕자도 함께고요.
핫스퍼 그까짓 거. 그 밖에는?
버논 그리고 더 듣자니
왕 자신이 직접 출발했다 하고요,
혹자는 이리로 신속 행군 중이랍니다,
강력한 군비를 갖추고 말입니다.
핫스퍼 그도 올 테면 오라지. 그의 아들은 어딨나,
그 싸돌아다니던 바람둥이 왕세자 어딨어,
그리고 세상일 내팽개치고
나 몰라라 하던 동패들은?
버논 모두 군장을 갖추고, 모두 무기를 들었어요,
모두 타조처럼 투구에 깃털을 꼽고, 바람에 흩날리고,
목욕을 방금 마친 독수리처럼 날개를 치며,
황금 갑옷이 금칠 동상처럼 번쩍번쩍하는데,
활기차기로는 5월달 같고,

눈부시기로는 한여름 태양 같았죠,

한창때 염소처럼 쾌활하고, 젊은 숫소처럼 사나웠구요.

제가 보니 젊은 해리는 투구 면갑에,

넓적다리 가리개에, 멋진 무장을 하고,

땅에서 솟아오르는 것이 깃털 달린 머큐리 같고,

자기 자리로 뛰어오르는 게 어찌나 편안한지

마치 천사가 구름에서 내려와

불같은 성질의 페가수스를 돌려세우며

세상을 고결한 기마술로 홀리는 듯했습니다.

핫스퍼 그만, 그만! 3월의 태양보다 더 지독하게

이 예찬은 학질을 키우는도다. 그들이 올 테면 오라지!

그들은 잘 꾸민 희생물처럼 오는 것이고,

눈이 불타는 포연 전쟁의 여신한테

우리가 그들을 온통 더운 피 뿜는 채로 바칠 것이오.

군장을 갖춘 마르스가 제단에 앉아 있겠지

피가 귀까지 차오른 상태로. 나는 열 받으오,

이 많은 전리품이 그토록 가까이 왔건만,

아직도 우리 것이 아니라니! 가자, 내 말을 시험해 보리라,

내 말이 나를 싣고 번개처럼

왕세자 가슴을 향할 것이니.

해리와 해리가 필히, 뜨거운 말과 말이,

만나서 결코 헤어지지 않으리라, 한쪽이 시체로 떨어지기

전에는.

오, 글렌다워가 왔으면 좋았을 것을!

버논 소식이 더 있습니다.

우스터에서 들었는데, 말을 타고 지나오면서요,

그분은 향후 14일 동안 자기 군대를 소집할 수 없다고 합니다.

더글라스 이제까지 내가 들은 최악의 얘기로군.

우스터 그렇소, 참으로, 서릿발 소리가 나는 소식이오.

핫스퍼 왕의 병력이 전부 얼마에 이르나?

버논 3만에 이릅니다.

핫스퍼 4만이면 대순가.

내 아버님과 글렌다워 두 분 다 여기 없으니,

우리의 군대가 그만큼 위대한 날을 만드리라.

가죠, 병력을 신속히 모읍시다.

운명의 날이 왔어. 모두 죽을 거면, 즐겁게 죽을 밖에.

더글라스 죽는 얘기 하지 마시오, 난 두렵지 않소,

죽음도 죽음의 손도, 앞으로 반 년 동안은.

모두 퇴장

4막 2장
코번트리 접근로

폴스타프와 바돌프 등장

폴스타프 바돌프, 네가 먼저 코번트리로 가라, 수입 포도주 한 병 채워다 다오. 우리 병사들은 행군하며 통과할 테니까. 오늘 밤이면 서튼 콜드필드에 도착할 거야.

바돌프 술값 좀 주시겠소, 대장?

폴스타프 네 돈으로 사, 네 돈으로.

바돌프 한 병에 천사표 금화 한 닢인데.

폴스타프 〔바돌프에게 돈을 주며〕 한 병이 한 닢 만들면, 수고비로 네가 가져. 한 병이 스무 닢 만들더라도, 네가 다 가져라. 조폐국 문제는 내가 책임지지. 내 부관 피토한테 읍 끝나는 지점에서 날 찾으라구 해.

바돌프 그러죠, 대장. 잘 가슈. 〔퇴장〕

폴스타프 내 졸병들 땜에 쪽팔리지 않는다면 내가 소금에 절인 물고기다. 왕의 징집권을 엄청 남용했지 뭐야. 병사 1백 50명 대신 3백 파운드 이상을 처먹었으니. 징집 대상을 선량한 가장, 자유농민 아들들로 잡고, 색출해 낸 것이 약혼한 총각들, 세 번 연속 일요일에 하는 결혼 의사 표시를 두 번이나 한 자들, 편안한 삶에 절어 북소리가 악마 소리처럼 들릴 자들, 사냥총 맞은 새나 부상당한 들오리보다 더 소총 소리를 두려워 하는 자들이란 말이지. 이런 식빵 버터짜리들, 배포가 핀 대가리만 한 자들만 골라냈으니, 그들이 병역을 돈으로 때울 밖에. 그리고 이제 내 부하는 기수, 상등병, 중위, 신사 자원병이라는 게 전부—그 누더기 꼬라지가 영판 값싼 벽걸이 천에 그려진 라자루스라구, 먹보 부자놈의 개한테 상처를 빨리는 그 라자루스말야—군인 같은 소리, 물건 훔치다 잘린 하인 놈, 아새끼의 아새끼, 도망친 술집 급사놈, 그리고 쫓겨난 여관 말구종놈, 고요한 세상과 오랜 평화의 자벌레들이지, 낡은 누덕 깃발보다 열 배는 더 볼품없는 넝마들이야. 이 따윌 갖고 내가 돈으로 병역을 때운 자들의 공백을 채워야 한다 이거지, 누가 보면 돼지 치다가, 돼지밥 찌꺼기와 곡식 꼬투리 먹다 나한테 온 지 얼마 안 된 탕자가 150명이나 되는 줄 알 판이니. 길에서 만난 어떤 미친놈이 내가 교수대에 목매달린 시체들을 징집했대요. 이런 허수아비들은 처음 볼 거야. 코번트리 행군을 이놈들과 함께할 수는 없지, 아무렴. 안 되고말고, 게다가 이놈들은 다리를 쫙 벌리고 걷는 것이, 마치 차꼬를 채운 것 같아요. 하긴 대부분 내가 감옥에서 빼내 온 놈들이지만. 부대를 통틀어 셔츠가 한 벌 반도 안 돼요. 반 셔츠란 건 손수건 두 장을 붙여 소매 없는 전령 문장처럼 어깨에 걸쳤다는 거구, 한 벌 셔츠는, 솔직히 말하자면, 세인트 앨번즈의 여관 주인, 아니면 데이븐트리 빨강코 여관 주인 걸 훔친 거구. 하지만 뭐, 세탁부들 울타리에 널어 말리는 아마포가 쌔고 쌨는데.

해리 왕세자와 웨스트모얼랜드 백작 등장

해리 왕세자 어떤가, 헐떡이 잭? 어때, 누비 이불?

폴스타프 아니, 할! 어떤가, 넋 빠진 까불이? 워워셔에서 뭘 하는 게야? 훌륭하신 우리 웨스트모얼랜드 경, 부디 자비를 베푸소서! 백작님께서는 벌써 슈루즈버리로 가신 줄 알았습니다.

웨스트모얼랜드 그렇소, 존 경, 내가 이미 거기 있어야 할 시각이오, 당신도 그렇고. 하지만 나의 부대는 이미 그곳에 도착해 있소. 왕께서, 내가 당신한테 전하거니와, 우리 모두를 찾고 계시오. 우리는 밤을 새워 행군해야 하오.

폴스타프 첫, 내 걱정은 마시오. 난 크림을 노리는 고양이처럼 신경이 팽팽하니까.

해리 왕세자 크림을 노리는 거 정말 맞네, 도둑질로 이미 버터 덩어리가 되었으니. 그건 그렇고, 잭, 그 뒤는 누구 부하들인가?

폴스타프 내 부활세, 할, 내 부하.

해리 왕세자 이렇게 끔찍한 몰골은 처음 보는군.

폴스타프 첫, 첫, 미늘창 먹이로는 딱이지, 대포 먹이, 대포 먹일 사료로 딱 아닌가. 구덩이 채우는 데 저만한 게 없을걸. 쳇, 인간이지, 필멸 인간, 인간은 죽게 되어 있다 이거야.

웨스트모얼랜드 그렇긴 하지만, 존 경, 내 생각엔 저들이 너무나 가난하고 헐벗었다 싶은데, 너무 거지같다 이거요.

폴스타프 참으로, 저들의 가난에 대해서는, 어디서 그걸 주웠는지 모르겠어요. 저들이 헐벗은 건, 분명 내가 가르친 바 없고요.

해리 왕세자 물론 없지, 내가 맹세코, 갈비 위로 기름 두께만 5센

티가 넘는데 헐벗었다니. 그건 그렇고 이봐, 서둘러. 퍼시가
이미 전장에 도착했다구. 〔퇴장〕

폴스타프　뭐라, 왕께서 진을 치셨다구?

웨스트모얼랜드　그렇소, 존 경. 이러다 너무 늦겠군. 〔퇴장〕

폴스타프　어쨌거나, 싸움은 막장에
　　　그리고 잔치는 초장에
　　　끼어들어야겠지. 전투는 둔하고 손님 노릇은 약삭빠른 이
　　　몸께서는.

　　　　　퇴장

4막 3장

슈루즈버리, 반란군 진영

핫스퍼, 우스터 백작과 더글라스, 그리고 리처드 버논 경 등장

핫스퍼 오늘 밤 붙읍시다.

우스터 안 되지.

더글라스 그러면 그가 유리해지오.

버논 전혀.

핫스퍼 왜 그런 말을? 그는 지원을 기다리고 있지 않나?

버논 우리도 그렇습니다.

핫스퍼 그의 지원병은 확실해, 우리 쪽은 확실치 않고.

우스터 조카야, 내 말 듣거라. 오늘 밤은 움직이지 마라.

버논 〔핫스퍼에게〕 그러세요, 공.

더글라스 당신 의견 좋지 않소.

　　두려움과 오싹한 마음에서 하는 말이오.

버논 말 함부로 마시오. 더글라스. 내 목숨 걸고 맹세컨대―

　　목숨으로 그걸 유지하기도 하겠거니와―

　　사려 깊은 명예심이 날 부추긴다면,

　　나는 유약한 두려움에 귀를 기울이지 않을 것이오,

　　당신만큼이나. 혹은 오늘날 살아 있는 어떤 스코틀랜드인

　　만큼이나.

내일 전투에서 보게 합시다

우리 둘 중 누가 겁쟁인지.

더글라스 그럽시다, 혹은 오늘 밤.

버논 좋소.

핫스퍼 오늘 밤이오, 내 주장은.

버논 아니, 아니, 그건 안 돼요. 전 정말 알 수가 없군요,

공처럼 위대한 지도력을 갖추신 분께서,

예견을 못하시다뇨, 어떤 장애가

우리의 신속한 진군을 잡아당기고 있는지 말입니다. 사촌 버논의

기병이 아직 도착하지 않았어요.

공의 큰아버지 우스터의 기병은 바로 오늘 도착했고,

지금 말들의 사기 및 기개는 잠들어 있는 상태,

용기는 고된 노역에 길들여져 투미한 상태라서,

자신의 반의반에나마 이른 말 한 마리가 없습니다.

핫스퍼 그렇담 적군의 말들은

전반적으로 여행에 지치고 녹초가 되었을 거요.

우리 쪽은 반 이상이 충분한 휴식을 취한 상태고.

우스터 왕의 병력 수자가 우리보다 더 많다.

제발, 조카, 모두 도착할 때까지 기다리자꾸나.

안에서 회담 요청 나팔 소리. 월터 블런트 경 등장

블런트 국왕의 자애로운 제안을 갖고 왔으니,

여러분들은 내 말에 귀를 기울이고 존중해 주시기 바라오.

핫스퍼 환영하오, 월터 블런트 경, 그리고 바라기도 했었소,

경이 우리 편이기를 말이오.

　　우리 중 몇몇은 당신을 아주 사랑하오. 바로 그 사람들이

　　당신의 위대한 자질과 훌륭한 명성을 시기하기도 하지요,

　　왜냐면 당신이 우리 편이 아니라

　　적군처럼 반대편에 서 있으니까요.

블런트　그렇다면 제가 계속 그렇게 서 있을 수 있게끔 기도드려

　야겠지요.

　　지금은 충성과 진정한 통치 바깥에

　　당신이 진을 치고 하나님의 기름 부으심을 받은 폐하와 적

　대 중이니 말요.

　　하지만 본론으로. 국왕께서 저를 보내 알아 오라 하셨소

　　그대 불만의 내용을. 그리고 무엇 때문에

　　그대가 시민 평화의 가슴에서 애써 불러내려 하는가

　　이런 불손한 적개심을. 그리고 그분의 충성스런 나라에

　　철면피 잔혹을 가르치려 하는가. 혹시 국왕께서

　　어떤 식으로든 그대의 훌륭한 공적을 소홀히 대한 바 있다

　면,

　　폐하께서는 그대 공적이 여러 겹임을 인정하셨거니와,

　　어명으로 그대가 그대 불만을 지목하면, 최대한 빠른 속도

　로

　　그대는 받을 것이오, 그대가 원하는 것을, 이자까지 합쳐서,

　　그리고 완전 사면도 받을 것이오. 그대 자신과 이들

　　그대의 선동에 현혹되어 이 일에 가담한 자들이.

핫스퍼　왕께서 친절하시군요. 우린 잘 알고요, 왕이

　　안다는 것을, 언제 약속하고, 언제 지불해야 할지를 말이오.

내 아버님과 큰아버님 그리고 나 자신이
준 것이오, 그에게, 그가 지금 입고 있는 바로 그 왕권을,
그의 나이 스물여섯이 채 안 되고,
세상 평판은 시들하고, 형편없고 비천하던 때에,
돈 없고 하찮은 범법자 신세로 몰래 귀국하던 그를
내 아버님이 해변으로 가 반갑게 맞아주었고,
그가 하나님께 맹세 및 선서코
자신이 온 것은 오로지 랭커스터 공작이 되기 위해,
자신의 재산권 회복 청원을 위해서라 하고, 또 자신의 평화
를
순진한 눈물과 열정의 언사로 애걸하는 것을 들으시고는
내 아버님께서, 착하고 불쌍히 여기는 마음이 동하시어,
그를 돕겠다 맹세하고, 또 실제로 도와주신 것이고.
이제 국내의 영주와 봉토 귀족들이
노섬벌랜드의 마음 그쪽으로 기운 것을 감지하게 되면서,
높고 낮은 귀족들이 와서 모자를 벗고 무릎을 꿇고,
그를 영접했소, 자치읍에서, 도시에서, 마을에서,
배행했지, 다리에서, 연도에 늘어서고,
선물을 내려놓고, 선서를 내밀고,
자기들의 상속자들을 시동으로 바치고, 그를 따랐소,
심지어 그의 바로 뒤에서, 눈부신 무리를 지으며 말이오.
그가 이내, 저명해진 자신의 힘을 인식하면서,
올라서는 거야, 자신의 선서보다 좀 더 높게,
풀 죽은 상태로 그가 내 아버님한테 했던,
황량한 레이번즈퍼러 해변에서의 그 선서보다 더 높게 말이

오,

그리고 정말 덥석 받아 나서며 뜯어고치는 거야

칙령과 교령들 중

공화국 신민한테 너무 무거운 몇몇 가지를 말이지,

권력 남용을 규탄하고, 우는 척하지

조국의 부당한 처지에 대해 말이오. 그리고 이 얼굴로,

이런 겉보기 정의의 이마로, 정말 그가 얻었어,

자기가 기를 쓰고 낚으려 했던 모두의 마음을.

거기서 끝났으면 또 몰라, 목을 베었다구

부재 중인 왕의 총신들,

그가 몸소 아일랜드 전쟁에 나가셨을 때

대리인으로 남겨 둔 그들의 목을 모조리.

블런트　츳, 이런 얘기 듣자고 온 게 아니오.

핫스퍼　그렇담 요점만 말하지.

그리고 얼마 되지 않아, 그가 왕을 폐위시켰다,

그리고 얼마 되지 않아 왕의 목숨을 빼앗고,

그 즉시 국가 전체에 세금을 부과했어.

그것도 모자라, 왕의 친척 마치로 하여금—

그는, 자격에 따라 직위를 갖는 시대였다면,

정말 그자의 왕이어야 마땅할 텐데—웨일즈 인질의 수모를
겪게 했다.

몸값을 치르지 않아 그는 잡혀 있을 밖에 없었어,

나의 행복한 승리에 먹칠을 했고,

염탐질로 내게 덫을 놓았고,

내 큰아버지를 추밀원 회의석상에서 몰아냈고,

불같이 화를 내며 나의 아버님을 궁정에서 쫓아냈다,

선서를 선서로 깨고, 불의에 불의를 자행했어,

하여 결국은 우리가 어쩔 수 없이 찾게 만든 것이야,

이 안전의 세력 규합을 말이지, 그리고 그의 왕 칭호 또한

따져 보게 만들었어, 그랬더니

너무 갈팡질팡이라 오래 못 가겠더군.

블런트 그것이 국왕에 전하는 답이오?

핫스퍼 그건 아니오, 월터 경. 잠시 담판을 미룹시다.

왕한테 가서, 저당을 잡히라 하시오,

무사 귀환을 보장하는 모종의 담보를 말이오,

그러면 아침 일찍 나의 큰아버지께서

그에게 우리 결정을 전해 줄 것이오. 그럼, 이만.

블런트 은혜와 사랑을 받아들이시기를.

핫스퍼 나도 동감이면 좋겠소만.

블런트 그러시기를 하나님께 빌겠소.

> 핫스퍼, 우스터, 더글라스, 그리고 버논이 한쪽 문으로, 블런트는
> 다른 쪽 문으로 퇴장

4막 4장

요크, 대주교관

요크 대주교, 그리고 마이클 경 등장

대주교　〔편지들을 건네며〕 서두르시게, 우리 마이클 경, 이 봉인 급
　　송물을
　　　　날개 달린 듯 신속하게 문장원 총재께 전하라,
　　　　이건 내 사촌 스크로우프에게, 그리고 나머지 모두
　　　　수신자들에게. 자네가 편지 내용의
　　　　중요성을 짐작한다면, 의당 서두를 것이네.
마이클 경　훌륭하신 나의 주교님,
　　　　대강은 짐작이 갑니다.
대주교　충분히 짐작할 듯싶군.
　　　　내일, 착한 마이클 경, 바로 내일
　　　　1만 명의 운명이
　　　　시련을 겪을 밖에 없을 것이네. 왜냐면, 경, 슈루즈버리에,
　　　　정확한 소식통에 의하면,
　　　　국왕이 강력한, 빠르게 일으킨 병력을 거느리고
　　　　해리 공과 조우한다고 하네. 그래서 걱정이야, 마이클 경,
　　　　노섬벌랜드가 병석인 게 그렇고,

그의 병력 규모가 제일 컸단 말이지,

또 오웬 글렌다워가 거기 없는 것도 그래,

그도 그들 못지않게 한 근육 했을 텐데,

오지 않았어, 불길한 예언에 주눅이 들어서,

퍼시 세력이 너무 약하지 않은가 싶군,

국왕과 당장 겨뤄 보기에는.

마이클 경 그건, 착하신 저의 주교님, 기우십니다. 더글라스와

모티머 영주께서 계시니까요.

대주교 아냐, 모티머는 거기 없어.

마이클 경 하지만 모데이크, 버논, 해리 퍼시 공이 있잖아요.

나의 우스터 영주님도 계시고, 그 밖에도 한 부대인걸요

용감한 전사들과 고귀한 신사들이.

대주교 그건 사실이고. 그렇지만 왕이 소집한 것은

전 국토를 통틀어 각별하다고 할 수 있어—

왕세자인 웨일즈 공, 랭커스터의 존 영주,

고결한 웨스트모얼랜드, 그리고 진짜 군인 블런트,

그리고 숱한 연합군, 게다가 고귀한 신분들이

명성과 군대를 거느리고 있으니.

마이클 경 의심치 마세요, 대주교님, 잘해 낼 겁니다.

대주교 내 바람이 바로 그거지만, 우려는 필요하지

그리고 최악을 막으려면, 마이클 경, 속도를 내야 해.

퍼시 공이 잘 안 될 경우, 왕은

군대 해산 전에 우리를 칠 속셈이거든,

우리의 동맹을 그가 알고 있다구,

그에 대한 대비를 강화하는 게 상책일 밖에.

그러니 서두르게. 난 다시 편지를 써서
다른 친구들한테 보내야 하니까, 그럼 잘 가게, 마이클 경.

따로따로 퇴장

제5막

별 두 개가 한 궤도로 움직일 수 없고,
잉글랜드 또한 견뎌 낼 수 없노라, 그대와 나
해리 퍼시와 웨일즈 공의 이중 지배를.

5막 1장
슈루즈버리의 헨리 왕 진영

✻

헨리 왕, 해리 왕세자, 랭커스터의 존 영주, 웨스트모얼랜드 백작,
월터 블런트 경, 그리고 폴스타프 등장

헨리 왕　태양이 정말 피비린 응시를 시작하는도다

　　저기 두터운 언덕 위에서! 대낮이 창백해 보인다

　　태양의 병색에.

해리 왕세자　남풍이

　　나팔 불어요, 태양의 뜻대로,

　　그리고 잎새 사이로 스산히 불며

　　미리 알리는군요, 태풍과 고함의 날을.

헨리 왕　그렇다면 바람은 패자와 공명토록 하라,

　　이기는 자한테는 그 어떤 찌푸린 날씨도 보이지 않나니.

　　　〔안에서 회담 요청 나팔 소리. 우스터 백작과 리처드 버논 경 등
　　　장〕

　　어떠시오, 나의 우스터 경? 좋지 않구려

　　그대와 내가 만나는 맥락이

　　꼭 이런 식이어야 한다니. 그대는 짐의 믿음을 기만했으며,

　　짐으로 하여금 편안한 평화의 의상을 벗고,

　　짐의 노구를 거북한 쇠갑옷 속에 우겨 놓게 하였소.

이건 좋지 않아요, 경, 안 좋다구.
무슨 말을 하시려오? 그대는 다시 풀겠소
모두가 혐오하는 전쟁의 이 무뚝뚝한 매듭을,
그리고 그 충성스런 궤도를 따라 다시 움직이며
예전처럼 정당하고 자연적인 빛을 발하고,
이제 그만두시겠소, 태양이 내쉰 별똥별 노릇,
두려운 홍조, 그리고 아직 태어나지 않은 시간을 향해
표류하는 악의 조짐 노릇을?

우스터 제 말 들으소서, 전하.
저로 말씀드리자면, 저는 충분히 만족할 수 있습니다,
제 말년을 조용하고 한가로이
음미하는 것으로요. 왜냐면 단호히 말씀드리건대
이 불화의 날은 제가 추구한 바가 아니오니다.

헨리 왕 그대가 추구하지 않았다? 그렇담, 어찌 이리되었소?

폴스타프 가다 보니 반역이 길에 놓여 있고, 그래서 그가 발견한
거지.

해리 왕세자 어허, 수다쟁이, 입 닥쳐!

우스터 〔왕에게〕 당신께서 기분 내키는 대로 은총의
안면을 내 자신과 나의 일족 모두로부터 돌리신 거지요,
그렇지만 내가 의당 상기시켜 드리는 바, 폐하,
우리는 폐하의 첫째가는 가장 소중한 친구였소.
폐하를 위해 내가 나의 직무 지휘봉을 꺾어 버렸지요,
리처드 치세에, 그리고 밤낮으로 신속히 말을 달려가
노상에서 폐하를 뵙고 폐하 손에 입을 맞추었소,
폐하의 사회적 지위와 신망이 아직

저만큼 강한 것도 운이 좋은 것도 아니었을 때 말이오.
바로 나 자신, 내 동생, 그리고 그의 아들이
당신을 고국으로 맞아 준 것이오. 과감히 시대의
위험에 맞섰던 것이고. 당신은 우리한테 맹세했고,
정말 던캐스터에서 당신이 서약한 내용은,
국가를 겨냥한 그 어떤 의도도 없다,
요구하는 것은 최근 상속된 권리,
고온트의 재산, 랭커스터 공작위 뿐이라는 거였지요.
그 말에 우리는 도움을 맹세했지만, 얼마 안 되어
행운이 소낙비처럼 당신 머리 위로 쏟아졌고,
위대함의 엄청난 홍수가 당신을 휘감았는데,
우리의 도움 덕분, 왕의 부재 덕분,
무법 세월에 자행되는 사악함 덕분이었소,
보기에 당신은 부당한 일을 당하였고,
역풍은 왕을
그의 불운한 아일랜드 전쟁에 너무 오래 묶어 두어
잉글랜드 내 살던 이 모두 왕이 죽은 줄 알았으니까,
그리고 무척이나 유리한 일들이 떼로 몰리는 와중
당신은 기회를 보아 재빨리 못 이기는 척
전반적인 권력을 손 안에 움켜쥐었고,
망각했소, 던캐스터에서 우리한테 했던 서약을,
그리고 우리가 주는 것을 먹고 자란 당신이건만, 우리 대하기를
뻐꾸기가 참새 다루듯 했소―정말 우리 둥지를 억압하고,
우리가 준 먹이로 얼마나 몸집이 비대해졌는지

당신을 사랑했던 우리조차 당신 눈에 비치길 꺼리게 된 거요

잡아먹힐까 두려워서 말이오. 하여 민첩한 날개로

우리는 안전을 위하여 달아나지 않을 수 없었소

당신의 시야 밖으로, 그리고 일으킨 것이오 오늘의 이 군대

를,

그러니 우리가 당신과 대적하는 그 수단은

당신 자신이 당신 자신에 맞서게끔 쇠를 불린 것이죠,

야박한 대접, 위협적인 안색으로,

그리고 당신의 거사 초기 우리한테 맹세되었던

온갖 신의와 약속을 어김으로써 말이오.

헨리 왕 그런 내용들을 정말 그대가 입으로 내뱉었지,

장터 사거리에서 선포하고, 교회에서 낭독하며,

장식했다, 반역의 의상을

어찌어찌 태깔 나게 하여 현혹시키려 했어, 눈을

변덕쟁이 배반꾼과 어설픈 불만꾼의 눈을 말이다,

그것들은 입을 딱 벌리고 좋아서 십자팔로 자신을 껴안지,

새로운

난리 법석 소식이 들릴 때마다.

그리고 이제껏 한 번도 없었다. 폭동에

그 명분을 칠할 그림물감이 모자랐던 적은,

엉망진창 난리통과 혼란의 시간에

굶주려 하는 뜽한 거지들이 모자란 적도 없었고.

해리 왕세자 양쪽 군대에서 숱한 병사들이

값비싼 희생을 이 충돌 때문에 온전히 치를 것이오

전면전이 일단 시작된다면 말이오. 당신 조카한테 이르시오

왕세자 웨일즈 공은 세상 모두와 더불어

헨리 퍼시 예찬에 진정 합류한 상태라고. 내 희망컨대,

지금의 이 대립을 논외로 친다면,

그는 아마도 지금 가장 용기 있는 신사,

가장 의욕적으로 용감하고 가장 씩씩하게 젊은,

가장 과감하고, 가장 대담한 자로 살아

후대를 고결한 행위로 영광스럽게 해야 마땅한 신사요.

나로 말하자면, 이런 말 수치스럽지만,

기사도에는 무단결석자였지요,

그도 나를 그렇게 여긴다 들었고.

하지만 이 점을 밝히겠소, 내 아버님 폐하 앞에서.

난 괜찮소, 그가 유리하게도

위대한 명성과 평판을 갖추고 있는 것이,

그리고 원하오, 양측의 피를 절약하기 위하여,

그와 단독 결투로 내 운을 시험해 보기를.

헨리 왕 하면, 웨일즈 공, 짐이 감히 너를 걸어 보아야 하겠으나,

아무리 따져 보아도,

그럴 수는 없다. 안 되오, 착한 우스터, 안 되지.

짐은 짐의 백성을 아주 사랑하오, 심지어 그들도 짐은 사랑

하오,

그대 친척 편으로 잘못 인도된 백성들도 말이오.

그러니 짐이 제안하는 자비를 그들이 받아들인다면,

그와 그들과 그대, 그렇소, 모든 사람이

다시 나의 친구가 될 것이오, 나는 그의 친구가 될 것이고.

그렇게 그대 친척한테 전하고, 내게 답을 주시오,

그가 어떻게 할 것인지. 하지만 만일 그가 항복을 거부한다
면,

꾸지람과 두려운 교정이 짐을 시중들고 있나니,

그들이 맡은 바 임무를 다할 것이오. 그러니 가시오.

짐은 지금 대답에 연연하지 않겠소.

짐의 제안은 공정하오, 곰곰 생각해 주기 바라오.

우스터와 버논 퇴장

해리 왕세자 받아들이지 않을 겁니다, 절대로.

더글라스와 핫스퍼가 합쳤으니

세상 전체가 저들에 맞서 무기를 들었대도 자신만만할걸요.

헨리 왕 가라, 그러므로, 각 지휘관 모두 자기 위치로,

저들의 답과 동시에 공격을 개시할 것이니,

하나님 명분이 정당한 우리 편에 서 주소서!

모두 퇴장. 해리 왕세자와 폴스타프는 남는다.

폴스타프 할, 전투 중 쓰러진 나를 보게 되면, 나를 올라타도, 좋
아. 그게 우정의 요지 아니겠나.

해리 왕세자 거대한 물건이라야 그런 우정을 너한테 베풀겠지. 기
도나 해 둬, 잘 지내고.

폴스타프 침대에 들 시간이면 좋겠어, 할, 만사형통이고 말야.

해리 왕세자 저런, 하나님한테 죽음의 빚을 갚을 때가 된 모양이
지. 〔퇴장〕

폴스타프 아직은 때가 아니네. 난 그분 빚 갚기 싫어, 그분의 날
전에는. 그분이 날 부르지도 않는데 내가 앞질러 갈 게 뭐 있

냐? 하긴, 상관없지, 명예가 내게 박차를 가한다 이거야. 그래, 하지만 내가 으싸 할 때 명예가 날 사망자 명단에 올리면? 그러면 어쩐다? 명예가 다리를 고쳐 준다던가? 아니면 팔을? 아니지. 그럼 상처의 고통을 가시게 해 주나? 아니지. 명예는 수술 솜씨가 있나, 그렇다면? 아니야. 명예가 뭐지? 하나의 단어. 그 '명예'라는 단어에 뭐가 들었지? 그 단어 '명예'가 뭐야? 허풍. 근사한 요약이다! 누가 명예를 지니고 있지? 수요일날 죽은 자. 그가 명예를 느끼나? 아냐. 그가 명예를 듣나? 아냐. 그렇다면 명예는 감지가 안 되는 건가? 그래, 죽은 자한테는. 하지만 명예가 산 자와 함께 살 수 있잖은가? 아니지. 왜냐고? 중상모략이 그걸 용납할 리 없거든. 그러므로 난 명예 따위 안 하겠어. 명예란 문장 새긴 장례식 방패에 불과해. 그리고 나의 교리문답은 거기서 끝.

퇴장

5막 2장

반란군 진영

우스터 백작과 리처드 버논 경 등장

우스터 오, 안 되지, 조카가 알면 안 되오, 리처드 경,
　　　왕의 너그럽고 친절한 제안에 대해서는.
버논 그러는 게 최선이었을 텐데요.
우스터 그러면 우린 모두 끝장이오.
　　　가능치가 않아, 그럴 수가 없다구,
　　　우리를 사랑한다는 자신의 말을 왕이 지킬 리가 없어요.
　　　늘 우리한테 혐의를 두다가, 기회를 잡아
　　　이번의 위반을 다른 잘못으로 벌할 것이오.
　　　의심이 우리 생애 내내 숱한 눈알을 번득일 것이야,
　　　반역은 기껏 신뢰받아 봐야 여우나 마찬가지거든,
　　　아무리 길들이고, 귀여워하고, 또 가둬 두어도,
　　　조상의 야생 책략을 버리려 하지 않는 여우 말이오.
　　　우리가 어떤 표정을 짓든, 슬픈 쪽이든 즐거운 쪽이든,
　　　해석은 우리의 표정을 그릇 인용할 거고,
　　　우리 기분은 외양간 황소라구,
　　　도살에 가까울수록 더욱 귀염을 받는.
　　　내 조카가 선을 넘은 건 잊혀질 수 있겠지

피 끓는 젊음이라는 변명거리가 있으니까,

별명도 그렇고 말이오―

토끼 머리 핫스퍼 아닌가, 성을 잘 내는.

그의 모든 잘못이 먹고사는 것은 내 모가지와

그의 아버지 모가지요. 우리가 그를 이끌었고,

그의 위법 행위가 우리한테서 비롯되었으니,

우리는 모든 사태의 원천으로서 모든 사태를 책임지게 될

거라구.

그러니, 착한 친척, 해리가 알게 해선 안 되오

어떤 경우에도 왕의 제안을.

버논 마음대로 전하시죠, 제가 맞장구를 치겠습니다.

〔핫스퍼와 더글라스 백작 등장〕

저기 백작님 조카분이 오시네요.

핫스퍼 큰아버지 돌아오셨군요.

웨스트모얼랜드 경을 보내 드려라.

큰아버지, 어떻게 되었습니까?

우스터 왕이 곧 전투를 개시할 것이다.

더글라스 웨스트모얼랜드 영주 편에 선전포고를 보내요.

핫스퍼 더글라스 백작, 백작께서 가시어 그렇게 말해 주시죠.

더글라스 참, 그럼요, 그리고 기꺼이. 〔퇴장〕

우스터 왕은 자비 비슷한 것도 내비치지 않더라.

핫스퍼 자비를 구걸한 거예요? 하나님 맙소사!

우스터 우리의 불만을 부드럽게 말해 주었다,

그의 서약 파기에 대해, 그런데 그의 대꾸라는 게 이런 식이

야.

맹세코 부인한 적이 없다고 맹세코 부인하더라구.

우리를 '역도', '반역자'라 부르더니, 응징하겠다는거야

도도한 병력으로, 우리 안의 이 가증스런 명명을.

더글라스 백작 등장

더글라스 무기를 드시오, 여러분, 무기를, 내가 내던졌소

자랑스런 선전포고를 헨리 왕의 이빨에다—

그리고 인질로 있던 웨스트모얼랜드가 그것을 갖고 갔소—

그러니 반드시 그가 곧 들이닥칠 거요.

우스터 〔핫스퍼에게〕 왕세자가 왕 앞으로 나서더니

조카, 너와 단독으로 겨루겠다고 도전하더구나.

핫스퍼 오, 그 싸움이 우리 몫이면 좋겠군,

그러면 오늘 짧은 숨 쉴 사람 오로지

나와 몬마우스의 해리 두 사람뿐일 것 아닌가! 말해 봐요,

말해 봐,

그가 어떻게 도전하던가요? 경멸투로 그러던가요?

버논 아닙니다, 제 영혼을 걸고, 저는 살아생전 한 번도

그보다 더 정중한 도전의 말투는 들어 본 적이 없어요.

형이 동생한테 한번

귀족 무술 훈련 혹은 솜씨나 좀 보자고 하는 거라면 모를까.

그는 장부에 합당한 존경을 모두 공께 표했고,

공에 대한 예찬을 왕세자다운 혀로 미화하였고,

공의 업적을 연대기처럼 읊으며,

공을 심지어 그의 예찬보다 더 훌륭한 분으로 평가했습니다

공의 자질에 못미친다며 예찬을 끊임없이 비난했으니까요.

그리고, 이거야말로 정말 그의 군주다움을 보여 주는 것인
데요,

그가 스스로 수치스럽다면서,

자신의 무단결석 경력을 꾸짖는데 그게 어찌나 우아한지

마치 그 방면에 그가 숙달한 듯했습니다. 두 겹

가르치는 동시에 배우는 두 겹의 기풍을.

거기서 그는 멈추었죠. 하지만 세상에 대놓고 말하건대,

그가 오늘의 악의를 살아남는다면,

잉글랜드는 사상 최고로 달콤한 희망을 갖게 될 거예요.

자신의 방종으로 그만큼 곡해된 사례도 없구요.

핫스퍼 친척, 내 생각에 당신 홀딱 반한 것 같소

그의 어리석은 짓들에 말이오. 내가 듣기로는 그자가

전례 없는 고삐 풀린 망아지 왕자라던데.

하지만 그건 그자 맘이고, 밤이 오기 전에 한 번은

내가 그를 안으리라, 군인의 양팔로,

내가 갖추는 예의에 그가 쫄아들게끔.

무장, 무장하라, 신속히! 그리고 동료들, 병사들, 친구들

알아서 할 일을 하는 것이 더 나을 것이오.

내가, 말주변도 없는데,

설득으로 그대들의 피를 끓게 하는 것보다는.

전령 등장

전령 나리, 나리께 온 편지들입니다.

핫스퍼 지금은 읽을 시간이 없다.

〔전령 퇴장〕

오 여러분, 삶의 시간은 짧소.

그 짧음도 비천하게 보낸다면 너무 길 것이오

설령 삶이 시계 침을 타고 가다가,

한 시간 만에 영영 서 버린다 하더라도 말이오.

우리가 산다면, 우리는 살아서 왕을 밟아 버릴 것이오,

죽는다면, 왕자를 동행 삼는 멋진 죽음 맞으리!

이제 우리들의 양심을 위하여. 무기는 정당하오

무기를 든 자의 의도가 정의롭다면.

　　　또 다른 전령 등장

전령　나리, 준비하소서, 왕이 빠르게 다가오는 중입니다. 〔퇴장〕

핫스퍼　그가 내 말을 끊어 주어 고맙군요,

난 말하는 솜씨가 서툴거든요. 이 말만 하겠소.

각자 최선을 다합시다. 그리고 여기서 뽑은

내 칼날의 불린 쇠를 나는 물들이려 하오

이 위태한 날의 모험 중

내가 칼로 만날 수 있는 가장 훌륭한 피로 말이오.

이제 희망! 퍼시! 그리고 공격!

목청 높은 전쟁의 모든 악기를 불라,

그리고 그 음악으로 우리 모두 포옹합시다.

우리가 하늘과 땅 차이로 우세하지만, 우리 중 몇은 결코

두 번 다시 이런 예의를 갖추지 못할 테니까요.

　　　나팔 소리. 그들이 포옹한다. 모두 퇴장

5막 3장
나머지 장면은 모두 슈루즈버리 전장

헨리 왕이 자신의 병력을 이끌고 등장. 전투 비상 나팔 소리 울리고 그들 모두 퇴장. 그런 다음 더글라스 백작, 그리고 왕으로 변장한 월터 블런트 경 등장

블런트 너는 누구냐, 누군데 싸우자고 날 성가시게 하는가? 어떤 명예를 추구하여 내 목을 노리는가?

더글라스 그렇담 알아 두거라 내 이름은 더글라스고,
　　　　내가 싸우자고 널 이렇게 괴롭히는 것은
　　　　어떤 이들 말이 네가 국왕이라고 했기 때문이야.

블런트 잘 보았군.

더글라스 스태포드 영주가 오늘 비싼 값을 치렀지
　　　　당신 비슷한 차림을 했다가, 왜냐면, 당신인 줄 알고, 이 칼이
　　　　그자를 끝장냈거든. 당신도 그리될 것이다,
　　　　항복하여 내 포로가 되지 않는 한.

블런트 난 태생적으로 항복은 못한단다, 너 오만한 스코틀랜드인,
　　　　그리고 네가 찾은 그 왕이 복수할 것이다
　　　　스태포드 경의 죽음을.

둘이 싸운다. 더글라스가 블런트를 죽인다. 그런 다음 핫스퍼 등장.

핫스퍼 오 더글라스, 당신이 호움던에서 이렇게 싸웠다면,
난 스코틀랜드인 단 한 사람한테도 이기지 못했을 거요.
더글라스 다 끝났소, 다 이겼고. 여기 숨이 끊겨져 누운 것이 국왕
이오.
핫스퍼 어디라구?
더글라스 여기.
핫스퍼 이게요, 더글라스? 아냐, 내가 아주 잘 아는 얼굴이오.
용감한 기사였는데, 그는 블런트요—
왕인 것처럼 복색과 치장을 했군.
더글라스 〔블런트의 시체에 대고〕 네 영혼은 바보 광대 직책도 챙겨
가거라, 어딜 가든지!
직책 빌리는 대가를 너무 비싸게 치렀구나.
왜 네가 네 입으로 왕이라 했더냐?
핫스퍼 왕은 여러 명을 왕 겉옷 복장으로 행군케 했소.
더글라스 그럼 내 칼로, 그의 겉옷 복장 모두를 죽여 버리지.
그의 의상실 전부를 찢어 버리겠어, 갈기발기,
그러다 보면 국왕과 맞닥트리게 되겠지.
핫스퍼 일어나 갑시다!
우리 병사들이 승리를 확신하는 표정으로 기다리고 있소.

블런트의 시신을 남기고 모두 퇴장
전투 비상 나팔 소리. 폴스타프 등장

폴스타프 런던에서 선술집 계산서 숫 떼먹고 줄행랑 놓는 건 일
      도 아니드만, 여기 총알 숫은, 겁나는구만. 외상 숫을 대갈통
      에 곧장 달아 놓으니.—잠깐, 이게 누구신가?—월터 블런트
      경. 이게 당신의 명예라 이거지. 허영이 전혀 없다 이거구. 내
      몸이 녹은 납처럼 뜨겁군, 무겁기도 하고. 하나님, 납은 내 몸
      에서 빠져나가면 안 되나, 내 자신의 내장 무게만 있으면 된
      다 이 말이오. 껄렁패들 데리고 나섰다가 좆 되어 버렸다 이
      말이오. 150명 중 아직 살아 있는 놈 세 명이 안 된다는 말씀,
      그놈들도 평생 읍 성문께 비럭질 신세라는 말씀이고.

      〔해리 왕세자 등장〕

      아니 이게 누구신가?

해리 왕세자 뭐냐, 여기서 한가로이? 네 칼 좀 빌려 줘.

      숱한 고결한 이들이 빳빳하게 굳은 시체로 누웠어

      뽐내는 적군 말발굽 아래,

      그들의 죽음을 아직 복수하지 못했구나. 제발

      네 칼 좀 내놓으라니까.

폴스타프 오 할, 제발 숨 좀 돌리고 얘기하자구.

      그레고리 교황이 터키 출신이더라도 무기 들고 못했을 그런
      짓을

      내가 오늘 해치웠네. 퍼시를 해결했어,

      확실히 끝장냈다구.

해리 왕세자 아무렴 그는 확실히,

      살아 있으니 널 죽이겠군. 제발

      네 칼을 달라니까.

폴스타프 아니지, 절대, 할,

퍼시가 살아 있는데 내 무기를 달라고 하면 되나,

피스톨이라도 괜찮다면 줄 수 있겠으나.

해리 왕세자 줘. 어디, 칼집 안에?

폴스타프 그래, 할,

뜨겁거든, 뜨겁지. 도시를 박살낼 물건이지.

　　　　왕세자가 물건을 꺼내는데, 수입 포도주 병이다.

해리 왕세자 뭐야, 지금이 웃기고 농탕 칠 때냐?

　　　　그가 병을 폴스타프에게 집어 던진다. 퇴장

폴스타프 어쨌거나, 퍼시가 살아 있다면, 내가 그자를 꿰뚫어야지 별 수 있나. 그놈이 내 길을 막아선다면, 그래야지. 아니면, 그가 아니라 내가 내 뜻으로 그의 길을 막아선 거라면, 그자가 날 다져서 그릴 구이 해 먹는단들 내가 뭐라겠냐구. 난 월터 경처럼 씨익 웃는 명예 싫거든. 내겐 목숨을 달라 이거야, 그걸 내가 구할 수 있다면, 그렇게 하고. 아니라면, 바라지 않았는데도 명예가 오는 거지, 그렇게 끝나는 거고.

　　　　블런트의 시신을 끌며 퇴장

5막 4장

전투 경보. 소규모 습격 및 반격들. 헨리 왕, 부상당한 해리 왕세자, 랭커스터의 존 영주, 그리고 웨스트모얼랜드 백작 등장

헨리 왕 부디, 해리, 물러나 있으라, 피를 너무 많이 흘렸잖느냐.
랭커스터의 존, 형을 모시고 너도 함께 가거라.

랭커스터의 존 전 아니오, 폐하, 저 또한 피를 흘린다면 모를까.

해리 왕세자 [왕에게] 진실로 청컨대 폐하, 계속 진군하소서,
폐하께서 물러나면 우군들이 동요할 것입니다.

헨리 왕 난 그리할 것이야. 나의 웨스트모얼랜드 경,
그를 그의 막사로 데려다주시오.

웨스트모얼랜드 [왕세자에게] 갑시다, 전하, 제가 막사까지 모셔다
드리겠습니다.

해리 왕세자 저를 모신다구요, 경? 전 경의 도움이 필요치 않아요.
그리고 설마 피부가 약간 긁힌 거 때문에
왕세자 웨일즈 공이 이 전장을 회피해야 한다는 말씀은 아
니겠지요,
피투성이 귀족들이 바닥에 나자빠져 짓밟히고,
역도의 무기들이 의기양양 학살을 자행하는 이 전장을 말이오.

랭커스터의 존 우리 너무 쉬었소. 갑시다, 웨스트모얼랜드 사촌,
우리 의무는 이쪽이오. 어서, 가자구.

랭커스터와 웨스트모얼랜드 퇴장

해리 왕세자 참으로, 네가 날 속였구나, 랭커스터,

　　　이 정도 용기를 지닌 왕자라고는 생각지 못했는데.

　　　전에는 내가 널 동생으로 사랑했으나, 존,

　　　지금 네가 나의 영혼인 듯 존경스럽다.

헨리 왕 저 아이가 퍼시 공에게 칼을 겨누는데

　　　그 용감한 거동은 기대치 이상이었어

　　　저 또래 미숙한 전사로 말이다.

해리 왕세자 오, 이 아이가 근성을 빌려 주네요, 우리들 모두에게!

　　〔퇴장〕

　　더글라스 백작 등장

더글라스 왕이 또 있네! 히드라 머리처럼 하날 잘라 내면 두 개가

　　또 나오니.

　　　나는 더글라스, 내 이름은 치명적이지, 너와 같은 색

　　　옷을 걸친 자 모두에게. 너는 누구길래

　　　위조품 노릇을 하는 거냐. 그 왕이라는 것의?

헨리 왕 왕 그 자신이로다. 그리고 이 몸은, 더글라스, 마음에 심

　　히 유감스럽도다,

　　　왕의 그림자를 그리 숱하게 만났다면서 네놈이

　　　정작 진짜 왕을 몰라보다니. 내 두 왕자들이

　　　써시와 네놈을 찾아 진징을 헤멘다마는,

　　　네가 이리 다행스럽게도 내 수중에 떨어졌으니,

　　　내가 직접 본때를 보여 주마, 어디 막아 보거라.

더글라스 너도 또 하나 가짜 왕이면 재미없는데,

그렇지만, 정말, 행동거지가 왕 같기도 하군.

어쨌거나 네가 내 거인 건 분명해, 네가 누구든 간에.

이거 한 방이면 넌 내 거야.

  둘이 싸운다. 왕이 위험에 처하고, 해리 왕세자 등장

해리 왕세자 머리를 쳐들라, 사악한 스코틀랜드 놈, 아니면 네놈은

결코 다시 머리 쳐들 수 없게 해 주마. 용감한

셜리, 스태포드, 블런트의 영령들이 내 무기에 들어 있나니.

나, 왕세자 웨일즈 공, 내 칼을 받아라,

난 약속한 건 꼭 갚는 사람이지.

  〔둘이 싸운다. 더글라스가 달아난다〕

기운 내세요, 아버님! 괜찮으십니까, 폐하?

니콜라스 고우시 경이 원군을 요청했습니다,

클리프턴도요. 전 곧장 클리프턴한테 갈 거예요.

헨리 왕 잠시 숨 좀 돌리고 가려무나.

너는 잃어버렸던 네 명성을 되찾았고,

보여 주었다, 네가 내 목숨을 아주 소홀히 여기지는 않는다

는 것을,

네가 날 이리도 용감하게 구해 주었으니 말이다.

해리 왕세자 오 하나님, 정말 저한테 너무 엄청난 상처를 입힌 거죠,

제가 아버님의 죽음을 열망하고 있다고 말한 자들은.

그랬다면, 제가 그냥 내버려 두었겠지요,

아버님 위 더글라스의 비웃는 손을,

그랬으면 그 손이 아버님을 끝장내는 속도가

세상의 온갖 독극물을 모은 것만큼이나 빨랐을 테고,

폐하 아들이 굳이 반역의 수고를 할 필요도 없었을 테니 말입니다.

헨리 왕　클리프턴으로 진군하거라. 난 니콜라스 고우시 경을 도우러 가겠다. 〔퇴장〕

핫스퍼 등장

핫스퍼　내가 잘못 본 게 아니라면, 그대가 해리 몬마우스렷다.

해리 왕세자　어쩌 내가 내 이름을 부인할 것 같다는 투로구나.

핫스퍼　내 이름은 해리 퍼시다.

해리 왕세자　오라, 내 눈에 보이는 것이

그 이름의 매우 용감한 반역도로다.

나는 왕세자 웨일즈 공, 그리고 하지 말거라, 퍼시,

나와 영광을 나누어 가질 생각을 더 이상은.

별 두 개가 한 궤도로 움직일 수 없고,

잉글랜드 또한 견뎌 낼 수 없노라, 그대와 나

해리 퍼시와 웨일즈 공의 이중 지배를.

핫스퍼　견디게 될 것도 아니지, 해리, 지금이 바로

우리 둘 중 하나를 끝장낼 때거든, 그리고 좋았을 텐데

전투 방면 자네 명성이 내 명성만큼 위대했다면 말야.

해리 왕세자　너와 헤어지기 전에 내 명성을 좀 더 불리고,

네 투구 위에 싹을 틔우는 온갖 명예를

내가 거두어 내 머리 화환으로 만들어 주마.

핫스퍼　더 이상 네 허풍 못 들어 주겠구나.

둘이 싸운다.
폴스타프 등장

폴스타프 말 잘했어, 할! 그렇지, 할! 아니지, 애들 장난이 전혀 아
니라구, 내 말은.

더글라스 등장. 그가 폴스타프와 싸우고, 폴스타프가 죽은 체 쓰
러진다. 더글라스 퇴장. 왕세자가 핫스퍼를 죽인다.

핫스퍼 오 해리, 그대가 내게서 내 청춘을 빼앗는구나.
부서지기 쉬운 목숨을 잃는 것이 더 견딜 만하이
그대가 내게서 쟁취해 간 그 자랑스런 직책들보다 더.
칼이 살을 쑤시는 것보다 더 통렬하게 그것들이 내 생각을
쑤셔 대니 말이야.
하지만 생각은, 삶의 노예, 그리고 삶은, 시간의 바보 광대,
그리고 시간은, 세상을 살폈으니,
끝이 있어야겠지. 오, 나는 예언할 수 있건만,
죽음의 차가운 흙냄새 손이
내 혀를 덮는구나. 아니지, 퍼시, 너는 먼지고,
먹이야, 그—

그가 죽는다.

해리 왕세자 벌레들의 먹이지, 용감한 퍼시. 잘 가시게, 위대한 심장.
잘못 짜여진 야망이여, 그대 얼마나 쭐아들었는지!
이 육신에 영혼이 깃들었을 때는,
하나의 왕국도 너무 비좁은 범위였으나

이제는 가장 시시한 땅 걸음 두 발짝이면
충분한 공간이군. 이 땅이 죽은 그대를 품고 있으나
품고 있는 산 사람 중 그대처럼 용감한 자는 없다.
그대가 나의 인사를 알아듣는 처지였다면,
내가 이토록 진심 어린 감정을 표할 리 없었겠지
하지만 내 군복 장식물로 자네의 결딴 난 얼굴을 가려 주지.

〔그가 핫스퍼의 얼굴을 가려 준다〕

그리고 자네를 대신해서라도 내가 내 자신한테 감사해야겠지
이 아름다운 애정의 의식을 치러 준 것에 대해서 말이지.
잘 가게, 자네 명성은 하늘나라로 챙겨 가시고.
자네의 불명예는 자네와 함께 무덤 속에 잠들 뿐,
묘비명에서는 기억되지 않기를.

〔자빠져 땅바닥에 누운 폴스타프를 그가 흘끗 본다〕

아니, 오랜 지기 아닌가! 살이 이렇게 많건만
자그마한 목숨 하나 지키지 못했나? 불쌍한 잭, 잘 가게.
더 훌륭한 사람을 잃었어도 이보다는 기분이 더 나았을 거야.
오, 너 없으면 정말 너무 허전했을 텐데,
내가 허튼 짓을 엄청 즐겼다면 말야.
죽음이 이렇게 살찐 사슴은 오늘 한 마리도 잡지 못했어,
더 소중한 숱한 이들을 이 피비린 싸움에서 잡았지만 말이지.
좀 있다가 창자를 빼내라고 일러두겠네.
그때까지만, 피투성이로, 고결한 퍼시 옆에 누워 있게. 〔퇴장〕

폴스타프가 몸을 일으킨다.

폴스타프 창자를 빼내? 네가 오늘 내 창자를 빼낸다면, 내가 허락을 하지, 네가 날 소금에 절이고, 내일이면, 먹어도 좋다. 정말, 속여야 할 시간이었어, 아니면 그 성급한 잔소리꾼 스코틀랜드 놈이 날 작살냈을걸, 세금 청산 그것도 완전 청산인 거지. 속였다? 거짓말이지, 난 속인 게 아냐. 죽는 게 속이는 거다. 왜냐면 그건 목숨 없는 사람의 위장에 불과하니까. 하지만 죽은 체 속이는 것은, 그걸로 사람이 산다면, 전혀 속이는 게 아니고, 정말 생명의 진정하고 완벽한 이미지다 이거야. 용기의 반 이상이 신중함이라잖는가, 신중함이라는 더 좋은 배역으로 내가 내 목숨을 건졌고 말야. 정말, 이 화약통 퍼시 놈 겁나네, 비록 죽었다지만. 이놈 또한 죽은 체하는 거였다가, 몸을 일으키면? 참으로, 이놈 죽은 체가 나보다 더 나을 것인데. 그러니 이놈을 좀 더 확실하게 해야겠어. 그래, 그리고 내가 그를 죽였다고 우기는 거야. 그가 나처럼 벌떡 일어나지 못하는 이유가 뭐겠어? 목격자 말고는 아무도 내 말에 반박 못하지, 지금 아무도 없고. 그러니까, 이봐, 〔핫스퍼를 칼로 찌르며〕 허벅지에 새 상처 하나 더 먹고, 나와 함께 가자구.

　　　　그가 핫스퍼를 등에 업는다.
　　　　해리 왕세자와 랭커스터의 존 영주 등장

해리 왕세자 가자, 내 동생 존. 충분히 용감하게 네가 피맛을 보여주었구나,
　　너의 처녀 검한테.
랭커스터의 존 근데 잠깐 저게 누구죠?

이 뚱보는 죽었다고 안 했어요?

해리 왕세자 그랬지 그가 죽어 있는 걸 내가 봤어,

숨이 끊어진 채 땅 바닥에 퍼져 피를 철철 흘리고 있었다구.

[폴스타프에게] 너 살아 있는 거냐?

아니면 환각이 우리 시력을 갖고 노는 건가?

말해 다오. 난 내 눈을 믿지 않겠다,

귀의 도움 없이는. 너는 겉보기의 네가 아니야.

폴스타프 아니, 그건 분명해―난 유령이 아니거든. 하지만 내가
잭 폴스타프가 아니라면, 그렇다면 난 개새끼지. 이게 퍼시
다. 네 아버님께서 내게 무슨 서훈을 하고 싶다시면, 그러시
라 하고. 아니면, 다음번 퍼시는 직접 죽이시던지. 백작 아니
면 공작일 거야, 내 보장하지.

해리 왕세자 이런, 퍼시는 내가 직접 죽였고, 네가 죽은 걸 봤다니까.

폴스타프 네가 그랬다구? 오, 이런, 이런, 이 세상 정말 거짓말 천
지로군. 내가 나자빠졌고 숨이 나갔던 건 맞아, 그도 그랬고.
하지만 우리 둘 다 동시에 몸을 일으켰고, 슈루즈버리 시계로
오랜 시간 동안 싸웠단 말야. 내 말 믿겠으면, 그렇고. 믿지
못하겠으면, 용기를 배상해 줘야 하는 자들이 자기들 머리에
죄받는 거고. 나는 임종 때나 주장하는 거지, 이놈 허벅지를
쑤셔 버렸다고 말야. 이자가 살아나서 그걸 부인한다면, 정
말, 내 칼 한 조각을 처먹이겠어.

랭커스터의 존 듣던 중 가장 이상한 얘기로군요.

해리 왕세자 이자가 가장 이상한 부류니까, 내 동생 존.

[폴스타프에게] 가자, 니 수화물 고결하게 등짐 지고서.

내 입장은, 거짓말이 네게 은혜를 베풀어 줄 수 있다면,

난 가장 은혜로운 용어로 그 거짓말에 금칠해 주겠다는 거.

[퇴각 나팔 소리]

나팔 소리가 퇴각을 알리는군, 오늘은 우리의 날이야.

가자, 동생, 전장 가장 높은 언덕에 올라

친구들이 살아 있는지, 그중 누가 죽었는지 살펴보자꾸나.

왕세자와 랭커스터 퇴장

폴스타프 따라가야지, 저들 말대로, 보상을 받으러. 내게 보상해
주는 사람 하나님이 보상해 주소서. 내가 신분이 위대해지면,
몸집은 줄일 거야. 설사약을 써야지, 포도주 끊고, 깨끗하게
살겠어, 귀족답게 말이지.

핫스퍼의 시신을 들고 퇴장

5막 5장

나팔 소리. 헨리 왕, 해리 왕세자, 랭커스터의 존 영주, 웨스트모 얼랜드 백작이, 우스터 백작 및 리처드 버논 경을 포로로 데리고 병사들과 함께 등장

헨리 왕 이렇게 반란은 어쨌든 꾸지람을 듣는 법.
　　고약한 우스터로다, 짐이 전하라 하지 않았더냐, 은총,
　　용서, 그리고 사랑의 말들을 너희 모두에게?
　　그런데 그대가 짐의 제안 내용을 정반대로 뒤집고
　　기만하려 했단 말이냐, 그대 친척의 신뢰의 본질을?
　　우리 쪽 기사 세 분이 오늘 목숨을 잃었어,
　　고결한 백작 한 분, 그리고 다른 숱한 인간들이
　　이 시간 살아 있을 것이야
　　기독교인답게 그대가 진실되게
　　두 군대 사이 진정한 정보를 날라 주었다면 말이다.
우스터 내가 한 짓은 나의 안전을 위해서였고,
　　난 이 운명을 꿋꿋이 내 품에 안겠소,
　　피할 수 없게 내 위로 떨어진 것이니.
헨리 왕 우스터를 사형장으로 데려가라, 버논도.
　　나머지 범법자들은 좀 더 생각해 볼 것이다.
　　〔감시 호위를 받으며 우스터와 버논 퇴장〕

전장은?

해리 왕세자 고결한 스코틀랜드 백작 더글라스는 제 눈으로 직접
　　　　　　오늘의 운이 자기한테 완전히 등 돌리는 것을 보고는,
　　　　　　고결한 퍼시가 죽고, 그의 부하들이 모두
　　　　　　두려워 달아나는 걸 보고는, 그도 나머지와 함께 도망쳤으나
　　　　　　언덕을 굴러떨어지며 큰 부상을 입었기에
　　　　　　추적자들이 사로잡았나이다. 제 막사에
　　　　　　더글라스가 있으니, 폐하의 은총으로
　　　　　　제가 그를 처리하게 해 주소서.

헨리 왕 나의 온 마음으로.

해리 왕세자 그러시면, 내 동생 랭커스터의 존,
　　　　　　이 너그러운 조처를 네 몫으로 해 주고 싶구나.
　　　　　　더글라스한테 가서, 그를 풀어 주거라
　　　　　　싫다면 보상금도 받을 것 없다.
　　　　　　오늘 우리 투구에 비친 그의 용맹은
　　　　　　우리에게 가르쳐 주었다, 그런 드높은 행위를 소중히 간직
　　　해야 한다는 것을
　　　　　　우리에게 적대하는 자의 가슴 속일망정 말이다.

랭커스터의 존 이 드높은 특혜를 전하게 감사드립니다,
　　　　　　즉시 그리할 것이고요.

헨리 왕 그렇담 남은 것은, 우리가 병력을 나누는 일이다.
　　　　　　너, 내 아들 존, 그리고 나의 친척 웨스트모얼랜드는,
　　　　　　요크 쪽으로, 가장 긴박한 속도로 직행하여
　　　　　　노섬벌랜드와 고위 성직자 스크로우프를 상대해야 하오,
　　　　　　이들은, 짐이 듣기에, 서둘러 무장을 하고 있소.

나 자신과 너, 내 아들 해리는, 웨일즈로 가서,
글렌다워 및 마치 백작과 일전을 치를 것이다.
반역이 이 나라에서 위세를 잃을 것이다,
오늘 같은 날을 한 번 더 겪는다면
그리고 이번 일이 이리 보기 좋게 처리되었으니,
우리 자신의 소유를 모두 쟁취할 때까지 그만두지 않을 일
이다.

    왕, 왕세자, 그리고 그 병력이 한쪽 문으로, 랭커스터, 웨스트모얼
    랜드, 그리고 그 병력은 다른 쪽 문으로 모두 퇴장

1. 잉글랜드 민족 사극들 : 가장 아름다운 예술작품으로서의 역사

고대 그리스 에스킬로스, 소포클레스, 에우리피데스 '비극'의 '소재'는, 최소한 당대인들에게는, '신화'라기보다 아주 먼 옛날의, 그러나 엄연한 역사였는지 모른다. 위대한 그리스 고전 비극들은, 고대 그리스인들에게, 우리들 개념의 '사극'에 더 가까웠는지 모른다. 더 과감하게 말하자면, 그리스 고전 비극이 여전히 위대한 것은, 역사를 당대적 시각에서 다룬 결과로 그것이 갖추게 된 보편성 때문인지 모른다.

셰익스피어의 문학적 감수성으로 보아, 그런 사정은 셰익스피어도 마찬가지였을지 모른다. 즉, 잉글랜드 역사를 다룬 그의 소위 '사극들'은 그에게 민족사극일 뿐 아니라 시사극이었을지 모른다. 그의 마지막 사극《헨리 8세》의 주인공은 바로 엘리자베스 1세 여왕의 생모를 죽인 엘리자베스 1세 여왕의 아버지였다. 그의 생애 첫 창작 작품은《헨리 6세 2부》.《헨리 8세》가 마지막 작품이니(확신할 수 없으나, 합작설이 나올 정도니 아마 마지막이 맞을 것이다) 그는 평생 동안 '시사=역사'의 틀 자체를 연극-예술화하는 입장이었을지 모르고, 그 입장을 '신세'로 생각했을지 모르고, 그 사극 생애의 '핵심=일상'을 비극의 절정으로 응축하는 동시에 희극의 절정으로 해방시켰던 그의 '정신=예술' 속은 우리 생각보다 훨씬 더 역동적이고 다채로운 것이었을지 모른다.

그러나 역사 현장과 전쟁과 폴스타프가 부딪쳐 작렬하는《헨리 4

세 1부》와 《헨리 4세 2부》만 보더라도, 그의 사극들 또한 틀 자체의 연극-예술화 너머 가장 아름다운 예술 작품으로서 역사에 달하는 과정이었고 갈수록 그 결과였다. 셰익스피어 민족사극들은 전에는 물론 그 후에도 비슷한 사례가 없다. 중세 도덕 막간극이 1547년 무렵 베일의 《존 왕》을 거쳐 생성된 장르가 사극이라고는 하나, 그 《존 왕》은 주인공 말고 다른 등장인물들이 모두 아예 추상들이고 역사는 교훈을 위한 수단일 뿐이고, 1588년 무렵 《존의 골칫거리 통치》에서 추상들이 실제 등장인물들한테 자리를 내주지만, 교훈주의는 여전하다.

자신의 자료를 교훈가나 연대기 작성자가 아닌 극작가로서 다루어 실제 역사를 극화하는 사극 작가는 셰익스피어가 처음이고, (엘리자베스 1세 여왕) 시대 혹은 당대의 공통된 가치와 이상, 그리고 역사관과 세계관으로 거대한 총체를 이루는 그의 위대한 사극 연작에 비견될 만한 것은 다른 어느 나라 문학에도 없다. 그의 사극들이 잉글랜드 역사에 빚진 것이 많은 바로 그만큼, 잉글랜드 역사는 그의 사극들에 빚을 지게 된다.

셰익스피어가 엘리자베스 1세 여왕 시대에 잉글랜드 역사를 만난 것이 문학사상 손꼽히는 행운이라면, 잉글랜드 역사가 셰익스피어를 만난 것은 역사상 손꼽히는 행운이다. 셰익스피어 사극들로 하여 잉글랜드 역사는 세계 어느 나라 역사보다 더 행복한 예술에 달한다. 동시에, 셰익스피어 사극들은, 문학이므로, 셰익스피어 시대를 반영하는 정도를 넘어 셰익스피어 시대의 산물이다. 셰익스피어 사극들 또한, 에스킬로스의 오레스테스 3부작, 소포클레스의 외디푸스 3부작 못지않게, 가족-혈연사고 복수극이지만 그들과 셰익스피어 사이 2천 년이 존 왕과 셰익스피어 사이

3~4백 년으로 응집-심화하면서 '역사-사회-정치적'을 당대-예술화하고, 순식간에 순수문학과 참여문학의 구분이 무의미해지고, 갈수록 민족'주의'가 민족'극예술'로 극복되고, 때때로 혹은 수시로, 중세 기괴가 곧장 현대 기괴로 이어지기도 한다.

셰익스피어 사극들에서는 왕권 강화가 근대화의 다른 이름이다. 역시 사극은 사극이고, 지나간 역사는 지나간 역사였을까? 어쨌거나, 셰익스피어 사극들에는 실제 역사적 사실과 다른 부분이 간간히 눈에 띄는데, 우리가 역사를 인식하고 역사의 대강을 파악하는 데 방해가 될 정도는 아니고, '드라마'를 위해 불가피한 변형이며, 그 강력한 드라마로 하여, 우리의 균형 잡힌 역사 인식에 오히려 더 도움이 된다고 할 수도 있겠다. 드라마가 역사와 똑같기를 바라는 것도 일종의 완고일 테니.

《심벨린》은 보통 비극으로 분류되고, 흔히 셰익스피어의 마지막 비극으로 불리지만, 심벨린은 로마제국 시대 브리튼 왕이고, 《심벨린》은 존 왕부터 헨리 8세 시대까지를 끊기지 않고 담아내는 셰익스피어 잉글랜드 사극들보다 한참 더 앞선 시대에 '동떨어져' 있지만 역사는 전설의, 꿈같은 이야기로 시작되고 사극도 그렇게 시작하는 게 순리다. 그렇다면 그보다 더 앞선 전설 시대 이야기인 《리어왕》은? 시대에 관계없이, 사극들의 프롤로그 역을 맡기에는 너무나 강력하고 걸출한 비극이다.

《심벨린》 2막 3장 '아침의 노래'는 슈베르트가 곡을 붙인 명곡이 전해 오고, 4막 2장 '만가'는 버지니아 울프 소설 《댈러웨이 부인》 주인공 의식의 흐름의 기조를 이룬다.

첫 노래는, 노래가 끝나자마자 웬 막돼먹은 소리?《심벨린》은 처음부터, 끝나기 직전까지 불안하고, 불안이 불길하다.

브리튼 왕 심벨린의 딸 이너젠이 남모르게 포스튜머스와 결혼하고, 이너젠을 자신의 아들 클로텐과 결혼시키려는 계모 왕비가 그 사실을 일러바치고, 포스튜머스가 추방되는데, 그가 이탈리아에서 아내의 정절을 두고 쟈코모와 내기를 걸고 이길 것을 호언장담 하지만 브리튼으로 건너온 쟈코모가 술수를 부려 이너젠이 잠든 침실에 잠입, 이런저런 가짜 증거를 훔쳐 오고 침실 및 그녀 몸 특징을 설명하니 그걸 철석같이 믿은 포스튜머스는 이너젠에게 자신을 만나러 밀포드 항구로 오라는 편지를 쓰면서 그의 하인 피사니오에게는 오는 도중 그녀를 죽이라고 명한다. 그러나 피사니오는 그녀더러 남장을 하고, 브리튼을 침략 중인 로마 장군 루치우스한테로 가라고 설득하고, 그녀는 오래전 아버지가 추방했던 대신 벨라리어스, 그리고 쫓겨날 당시 벨라리어스가 훔쳐 와 산 동굴에서 키운 두 형제, 즉 그녀의 두 오빠 귀더리어스와 아비레이거스를 만나고, 겁탈을 해서라도 이너젠을 제 것으로 만들려고 그녀를 추적하던 클로텐은 두 형제에게 죽임을 당한다. 몸이 아파 먹은 약이 이너젠을 죽은 듯한 상태에 빠뜨리고 클로텐 시체 곁에 눕혀졌다 깨어나 머리 없는 클로텐 시체를 복장 때문에 포스튜머스 것으로 착각한 이너젠은 루치우스한테로 가고 이어지는 전투에서는 벨라리어스, 귀더리어스와 아비레이거스, 그리고 이탈리아에서 돌아온 포스튜머스의 활약에 크게 힘입어 브리튼인이 대승을 거둔다. 자초지종이 알려지고 온갖 화해와 용서가 이뤄지고, 심벨린은 브리튼과 로마 사이 평화를 위해 로마

황제 아우구스투스에게 조공을 바치겠다 약속하고 모두를 잔치에 초대한다.

'아침노래'는 그 아름다움에 이어지는 클로텐의 막돼먹은 소리가 딱히 음악가 탓은 아니므로 그렇다 치고, 막돼먹은, 그래서 자기들이 죽인, 모가지가 없는 클로텐 시체 옆에 이너젠을 누이며 부르는 아름다운 '만가'라니. 얼핏《심벨린》은, 마치《리어 왕》을 해피엔딩 스토리로 바꾸려 어설프게 뜯어 맞추고 땜질한 듯, 어설프고 황당하다. 이탈리아-프랑스-스페인인 혐오가 너무 노골적이다. 그들 대사는 모두 산문이고 이탈리아인들은 모두 악당들이고. 심지어 포스튜머스의 친구 필라리오조차 방관적이지만 그 전에 포스튜머스 대사도 산문이고, 정말 황당한 내기지만, 내기 성립 직후(1막 4장 마지막) 그가 쟈코모와 함께 퇴장하는 것은, 무슨 라스베이거스도 아니고, 정말 드물게 황당하다. 이너젠은 동음이의어 사용의 뉘앙스가, '은연중 뉘앙스'보다 조금 더 강하게, 사태에 대한 책임이 있고, 그래서 알게 모르게, 그녀가 포스튜머스-클로텐 육체 혹은 시체를 혼동할 때 우리는 '오죽하겠어' 느낌에 아주 약간 가닿게 되고, 포스튜머스가 아직도 이너젠을 못 알아보고 때리는 장면은 그 '황당=오죽'의 극치고, '기계에서 나온 신' 개념은 이 모든 것의 연극(용어)적 측면이고, 그렇다 하더라도 클로텐이, 그리고 계모 왕비가 너무 싱겁게 죽는다. 등장인물 아닌 작가 자신이, 뭔가 지쳤다는 느낌이랄까.

하지만,《심벨린》에는《리어 왕》뿐 아니라《폭풍우》연관도 있고, 그 둘이 적절하게 부딪치거나 결합, 불행과 시련 속에서도 미리 안심하는, 섭리가 편안한 경지랄까 하는 것을 언뜻 발할 때가 있고, 그때 이너젠을 '최고의 이상적인 여성'으로 보았던, 적지 않은 사람들의 말에 고개가 끄덕여지는 대목이 있다. 하여, 5막 5장 교수형 집행을 앞둔 포스튜머스와 옥리가 펼치는 죽음 대 웃음은 《맥베스》에서보다 덜 비극적이고, 산문적이지만, 그 산문 효과가 '만년작'적이다. 1925년 현대 의상의 《햄릿》이 커다란 영향을 끼치기 2년 전에 같은 방식의 《심벌린》 공연이 있었다는 것은 시사하는 바가 적지 않다 할 것이다.

《심벌린》을 가장, 셰익스피어의 다른 어떤 작품보다 더 가혹하게 평가한 것은 버나드 쇼다. 이미 1896년 이너젠 역을 준비 중이던 엘런 테리에게 《심벌린》이 터무니없는 작품이라고 투덜거리더니 급기야 1937년 그는 이 작품의 마지막 막의 결점들을 겨냥한 희곡 《결말을 바꾼 심벌린》을 발표하기에 이른다. 그리고 다행히, '만가' 첫 두 행은 댈러웨이 부인에게 제1차 세계대전의 악몽을 떠올리는 슬픈 만가이자 위엄을 잃지 않는 심오한 인내의 선언으로 거듭난다. 마지막 두 행은 T. S. 엘리엇 시 《요크셔 테리어에게》에서 거의 차용되고 있다. 스티븐 존다임이 아리스토파네스 《개구리들》을 마구잡이로 차용한 동명 뮤지컬에서는 셰익스피어와 버나드 쇼가 최고의 극작가 타이틀을 거머쥐고 되살아나 세상을 더 낫게 할 것이냐를 놓고 경쟁하는데, 죽음에 대한 자신의 견해를 묻자 셰익스피어는 위 만가를 부르는 걸로 답을 대신한다.

《존 왕》은 크게 ('사자심장왕') 리처드 1세 사후 그 둘째 동생인 존 왕과 그 첫째 동생 아들인 '아서 플랜타저넷' 사이 왕위 계승권(상속)을 둘러싼 합법 및 비합법 투쟁, 거래와 정략이 그 줄거리 골간이다. 《리어 왕》에 비해 문학성은 크게 떨어지면서도, 분명 더 높은 사회구성체가 들어서 있고, 왕권과 귀족 사이 경제적 권력 투쟁에서 귀족이 승리한 결과인 마그나 카르타가, 보이지 않거나 아주 희미하게 언급될 뿐이지만, 엄연히 들어서 있다. (사실, 마그나 카르타가 정치-사회적으로 중요해지는 것은 셰익스피어 사후다.) 입성 문제를 놓고 싸우는 것도, 결국 피비릴 것이지만, 우선은 무슨 거래를 방불케 한다.

조카 아서의 잉글랜드 왕위 계승을 지지하는 프랑스 왕 필립과 오스트리아 공작 연합 세력의 사실상 선전포고를 통보 받은 존 왕은 어머니 일리노어, 그리고 리처드 1세의 사생아 필립과 함께 프랑스를 침공했다가 존의 조카딸 블랑슈와 프랑스 왕세자의 결혼으로 평화가 다시 찾아오지만 교황 사절 팬돌프 추기경이 존 같은 골수 이단자와 평화 협정을 맺으면 파문을 시키겠다고 위협하니 프랑스 왕은 존을 배신하고, 이어진 전투에서 잉글랜드가 승리, 사생아 필립이 오스트리아 공작을 죽이고, 아서는 사로잡혀 잉글랜드로 송환되어 살해당할 위협에 처하고, 아서의 어머니 콘스탄스는 슬픔을 못 이긴 광기에 몸부림치다 죽고, 존 왕의 사주를 받은 수행원 휴버트는 차마 아서의 몸에 손을 대지 못했으나, 아서가 달아나려다 죽음을 맞게 되고, 존 왕이 죽였다고 생각한 솔즈베리 등 많은 귀족들이, 잉글랜드를 침공 중인 프랑스 왕세자 쪽에 합류하고, 존 왕은 현시국 통제권을 사생아 필립에게 넘긴 뒤 수도원으로 물러났다 독살당하고, 프랑스 왕세자의 기만술을 눈치 챈 잉글랜드 귀족들이 속속 다시 충성을 맹세하고, 새로 등극한 존 왕의 아들 헨리 3세를 중심으로 똘똘 뭉친 잉글랜드 앞에 프랑스군이 퇴각하며 막이 내린다.

'사생아' 필립 팰컨브리지는 실제 역사에서 아주 희미하게 언급될 뿐이지만, 셰익스피어는 《존 왕》에서 그를 주저 없이 플랜타저넷가 정통이자 제2의 비조로 세워 자신의 사극들을 사실상 '출발'시키며, 이것은 문학적으로 매우 적절한 출발이고, 이것 말고도 《존 왕》은 실제 역사, 혹은 역사서와 어긋나는 내용들이 꽤 있지만 대부분 그 적절함이 야기시켰거나 적절함 속으로 흡수되는 것들이다.

화려장관 볼거리를 관객들이 좋아했던 빅토리아 여왕 시대에는 가장 자주 공연되는 셰익스피어 작품 중 하나였으나 20세기 들면 《존 왕》은 1915년 이후 브로드웨이 공연이 단 한 번도 없고, 1953~2010년 스트렛포드 셰익스피어 축제 공연이 단 4회에 불과한 신세로 전락하지만, 1945년 피터 브룩이 연출한 공연은 그 의미가 적지 않다.

《리처드 2세》를 온통 수놓는 시는 봉건성을 벗는 부르조아적 아름다움의 탄생 과정이라 해도 과언이 아니고, 특히 5막 5장(폼프릿 성 감옥) 전반부 리처드의, 연주되다 그치는 음악과 어우러진, 자신의 소란스런 죽음 직전 독백은 셰익스피어 전 작품을 통틀어 몇 안 되는 압권 중 하나다.

헨리 3세의 세 아들 모두 왕에 오르니, 에드워드 1세(치세 1272~1307), 에드워드 2세(치세 1307~27), 에드워드 3세(치세 13

27~77)가 그들이고 에드워드 3세는 아들 일곱을 두게 되는데, 첫아들 웨일즈 공 에드워드(1330~1376)가 죽자 그의 아들, 즉 에드워드 3세의 장손이 리처드 2세에 오르고 《리처드 2세》 줄거리는 학정으로 치닫던 그가 에드워드 3세의 넷째 아들인 랭커스터 공작 아들, 즉 사촌 헨리 볼링브루크, 훗날의 헨리 4세에게 밀려나는 잉글랜드 역사의 한 대목이며, 그렇기 때문에 《리처드 2세》, 《헨리 4세 1부》, 《헨리 4세 2부》, 그리고 《헨리 5세》를 4부작으로 보아, '헨리 이야기'라는 뜻의 '헨리아드'라 부르기도 한다.

볼링브루크가 리처드의 삼촌 글로스터 공작 암살 죄로 노포크 공작 토머스 모브레이를 고발하자 모브레이가 볼링브루크를 '가장 위험한 반역자'로 맞고소, 리처드는 두 사람의 결투로 자신의 결백을 입증하라 했다가 마지막 순간 모브레이를 영구히, 그리고 볼링브루크를 10년 동안 잉글랜드에서 추방하라 명하고, 아일랜드 원정 경비를 감당해야 했던 그가 사망한 고온트의 재산, 의당 볼링브루크에게 상속되어야 할 그것을 자신의 삼촌 요크 공작, 그리고 노섬벌랜드 백작의 격렬한 반대에도 불구하고 몰수하니, 후자는 자신의 재산을 되찾겠다는 명분으로 권토중래를 도모하는 볼링브루크 쪽에 합류하고, 리처드는 아일랜드 원정을 떠나고 볼링브루크는 요크셔에 상륙, 노섬벌랜드와 함께 버클리 성으로 진격하고 거기에 리처드의 섭정으로 남겨졌던 요크 공작도 어쩔 수 없이 그들을 받아들이고, 웨일즈에 상륙했으나 기대했던 웨일즈 병력이 뿔뿔이 흩어졌거나 자신의 추종자 그린과 부시를 처형하고 높은 인기를 누리는 볼링브루크 쪽에 가담했다는 것을 알게 된 리처드는 요크 공작 아들 오멀을 데리고 플린트 성으로 피

신했다가 거기서 볼링브루크에게 사로잡히고, 볼링브루크는 오로지 자기 재산을 찾으려는 것뿐이라고 강변하지만 볼링브루크 앞에 불려 나온 리처드의 남은 추종자 베이갓이 오멀을 글로스터 공작 살해범으로 지목하고, 볼링브루크가 모브레이 사면령을 내려 오멀과 대질시키려 하지만 모브레이는 베니스에서 이미 죽은 터였고, 불려 나온 리처드가 볼링브루크에게 왕위를 양도하고, 칼라일 주교가 불가함을 주장하다가 노섬벌랜드에게 체포되고, 리처드가 런던탑으로 호송되고, 칼라일 주교와 오멀은 볼링브루크 제거를 도모하고, 리처드는 런던탑 아닌 폼프릿 성으로 가던 도중 왕비와 작별하고, 왕비는 프랑스로 떠나고, 오멀의 음모를 발견한 요크가 서둘러 그것을 알리러 볼링브루크에게 가지만, 그 전에 오멀이 먼저 도착하여 이실직고하며 용서를 구하고, 요크 부인의 간청에 따라 볼링브루크, 헨리 4세가 용서를 하고, 볼링브루크의 명에 따라 리처드는 엑스턴의 피어스 경에게 살해된다.

3막 4장 왕비와 정원사가 나누는 대화는 뛰어난 서정성과 식물의 비유로 리처드 폐위를 예견시키는, 걸작 막간극이다. 마지막 폐위 장면은 엘리자베스 시대에 워낙 민감한 대목이라 검열에 걸렸고, 제임스 1세 왕의 왕권이 안정되고 나서야 비로소 연기 및 인쇄가 가능했고, 에섹스 지지자들의 요청으로 그의 모반 하루 전인 1601년 2월 7일 무대에 올려진, 폐위 장면이 포함된 공연은 말 그대로 역사적인 공연이 되었다.

《헨리 4세》는 '어제의 동지, 오늘의 적'과 치르는 전쟁을 다루는 잉글랜드 사극임이 분명하지만, 동시에, 《1부》는 폴스타프라는 인물을 탄생시키는, 전쟁, 더군다나 내전을 배경으로 더욱 혹심한 희극 걸작이기도 하다. 주인공은 헨리 4세가 아니라 그의 왕세자 해리와 폴스타프 및 그 패거리들이며, 전쟁, 더군다나 내전을 배경으로 더욱, 산문과 운문의, 그리고 산문끼리 쟁패가 파란만장하다. 해리 왕세자는 폴스타프를 날카롭고 효과 있게 공략하지만, 그리고 내용에서 압도적 우위에 있지만 폴스타프는 논리를 넘어서는 희극성의 존재 그 자체고, 5막 3장 해리와, 즉 전쟁 소문이 아닌 전쟁 현실과 직접 마주치는 대목에서 폴스타프의 '코믹'은 일순 나약하여 해리한테 무참하게 '깨'지지만, 그 나약함이 이런 질문을 열기도 한다. 그럴, 그런가? 그러나 전쟁에서, 죽음 앞에서 용기를 발하는 것이 정말 용기일까, 그건 무지 아닐까? 그거야말로 위선 혹은 비겁 아닐까? 무엇보다, 평화는, 그리고 희극은 유지되어야 하는 것 아닐까?

《2부》는 그에 비해 산문이 무척 지루하고 폴스타프가 잉여 출연인 느낌이 갈수록 강하며, 에필로그 직전 (헨리 5세에 오른) 해리 왕세자가 폴스타프에게 전하는 이별 통고는 그 자체로 적절하지만, 극 전체로 볼 때 너무 늦었고, 너무 늦었으므로 폴스타프의 대응은 희극적이기는 커녕 그냥 비루할 뿐이다. 그리고, 곧 이어지는 에필로그가 다음 작품에서도 그가 등장한다고 예고하지만 《헨리 5세》에는 폴스타프가 나오지 않고, 그의 죽음이 잠깐 언급될 뿐이다. 1부의 퀴클리('재빨리'), 개즈힐('쏘다니는 언덕')에 덧붙여 돌 티어시트('인형 뜯어내고 괜찮은 쪽'), 스네어('올가미'), 팽('독이빨'), 모울디('곰팡이 낀'), 워트('사마귀'), 휘블('연약한'), 불카프('수송아지') 등 우수마발 백성들의 뜻이름들이 많이 나오는 것은, 이름이 굳어지고 족보가 생겨가는 근대, 더군다나 참혹한 전쟁과 혹심한 희극 사이 절묘한 그것이라고나 할까.

《1부》1402년 6월~1403년 7월 핫스퍼, 그의 아버지 노섬벌랜드, 그리고 그의 삼촌 우스터 백작이 핫스퍼 아내인 퍼시 부인의 오빠 모티머 영주, 모티머 부인의 아버지인 오웬 글렌다워, 그리고 더글라스 백작과 합세, 반란을 일으키지만 약속 장소인 슈루즈버리에서 핫스퍼와 실제로 합류한 것은 우스터와 더글라스 뿐, 핫스퍼는 왕세자(웨일즈 공) 해리와의 결투에서 패하여 죽고 우스터는 처형되고 더글라스는 풀려나는데, 왕세자 해리는 평소 폴스타프 패거리들과 어울려 물주 노릇을 해 주고 함께 도둑질도 하고 '멧돼지 머리 여인숙'에서 부왕과의 가상 만남을 꾸며 우스갯거리로 만드는 등 방탕 및 패륜 행각을 부러 벌이다가 3막 2장 부왕과 실제로 만난 자리에서 본심을 드러내며 참회의 눈물을 흘리고, 부자 화해가 이뤄지고, 왕세자의 위용을 갖춰 전장에 나온 터였고, 폴스타프도 슈루즈버리에 있었다.

《2부》1403~13년 스크로우프 대주교, 헤이스팅스 경, 그리고 문장원 총재 토머스 모브레이가 반란을 일으켰다가 술수에 넘어가 스스로 군대를 해산하고 처형당하는데, 운문을 회화화하는 피스톨이 처음 등장하고 폴스타프는 여인숙 여주인 미세스 퀴클리, 창녀 돌 티어시트와 오래 놀아나더니 징병을 한답시고 간 곳에서 만난 시골재판관 로버트 섈로우를 꼬드겨, 왕세자가 자신의 막역 친구인데 곧 왕에 오를 것이고 그러면 좋은 일이 있게 해 주겠다며 천 파운드를 빌리지만, 런던에서 만난 그 왕세자, 헨리 4세가 죽어 헨리 5세에 오른 그의 친구는 면박을 주며 자기 눈앞에서 꺼지라고 말한다.

극중 모티머는 오웬 글렌다워의 딸과 결혼한 에드먼드 모티머 (1409년 사망)와, 리처드 2세가 후계자로 인정했던 조카 에드먼 드 모티머(1424년 사망)를 합쳐 만든 등장인물. 이 등장인물로 인해 요크 가문 전체가 에드워드 3세의 아들들과 실제 역사보다 한발 더 가깝게 된다.

《헨리 5세》의 압권은 단연, 위 대사의 힘을 받아, 전투를 앞두 고 수적으로 완전 열세인 병사의 사기를 정말 극적으로 북돋우는 헨리 5세의 연설(4막 3장). 방백에서 절묘하게 이어져 공연 효과 는 더 크다. 젊은 왕이 밤에 변장을 하고 막사를 돌아다니며 불안 에 떠는 병사들을 달래고 그들이 자신을 정말 어떻게 생각하는지 살피고, 자신도 그냥 사람일 뿐인데 왕으로서 져야 하는 도덕적 책임에 대해 고뇌한 뒤의 연설인 것을 감안하면 감동은 배가된 다. 이것을 따로 '크리스피누스 축일 연설'이라고 부른다.

캔터베리 대주교의 말에 고무되어 프랑스 왕관을 거머쥐기 위해 프랑스 원정을 떠나기 전 헨리 5세는 사우샘튼에서 자신을 암살 하려는 케임브리지 백작, 스크로우프 경, 그리고 토머스 그레이 경의 음모를 발견, 이들을 처단하고 아르플레르를 점령, 칼레를 향하다가 아젱쿠르에서 프랑스 대군을 만나지만 크게 승리하며 트르와 조약으로 프랑스 왕의 딸 카트린느와 결혼하는데, 극 초

반, 피스톨과 결혼한 옛 퀴클리가 폴스타프의 죽음을 알리고 피스톨, 바돌프, 그리고 님이 원정대에 참가하지만 바돌프와 님은 약탈죄로 교수형 당하고, 피스톨은 웨일즈인 지휘관 플루얼런을 모욕했다가 그에게 흠씬 얻어맞고 부추 모양 채소 리크를 강제로 먹게 되며, 해리 왕은 플루얼런을 잉글랜드 병사 마이클 윌리엄즈와도 싸우게 만든다.

윌슨(Wilson, John Dover, 1881∼1969)은 폴스타프가 《헨리 5세》에 원래 등장할 예정이었으나 켐페가 떠나 마땅한 배우가 없자 폴스타프 대사를 빼고 새로운 에피소드를 집어넣거나 피스톨이 폴스타프 대신 리크를 먹게 한 것이라고 주장한 바 있지만, 어쨌거나, 피스톨의 운문 희화화는 《헨리 5세》에서 아예 거덜 난 운문 차원에 달하고, 님, 바돌프, 피스톨의 코미디는 죽어서도 희극적인 폴스타프 죽음에 무척 심오한 페이소스를 부여한다. 바돌프의 외모는 전쟁-일상의 참상을 희극-역설적으로 강조하고, 아일랜드 방언, 웨일즈 방언, 스코틀랜드 방언의 군인-지휘관들 또한 못지않게 멍청하고, 희극적이다. 해리는 전 작품에서와 마찬가지로 산문과 운문을 모두 구사하지만, 이번에는 서민과 귀족-왕족 모두를 대변하기 위해서며, 헨리 5세의 카트린느 구애는 전부 산문이지만 폴스타프풍 산문은 아니고, 불어 동음이의의 과감한 구사는 귀족 사회 너머 국제(화) 사회를 반영한다. 소년의 죽음은, 미래-비극적이다.

《헨리 6세 1, 2, 3부》의 주인공 헨리 6세(1421~71)는 헨리 5세와 카트린느 사이에 난 유일한 아들로 돌을 맞기 전 1422년 잉글랜드 왕위에 올랐고, 1426년 웨스트민스터에서, 그리고 1431년 파리에서 대관식을 치렀고 1440~41년 이튼 칼리지, 킹스 칼리지, 케임브리지 대학을 잇달아 세웠으며 1445년 앙주의 마가릿과 결혼했는데, 온화하고 참을성 있는 성품이었으나 아버지가 남겨 준 프랑스 유산을 지켜 내거나 잉글랜드 내 랭커스터 가와 요크 가 사이 장미전쟁을 막을 만큼 강하지는 못하더니, 1471년 튜크스베리 전투 이후 피살된다.

《1부》헨리 5세가 죽고 6세가 즉위한다. 잉글랜드인은 프랑스 내 영지를 지키려 하지만 성처녀 잔('창녀이자 마녀')의 활약에 자꾸 밀리고 잉글랜드 군을 이끌며 용감하게 싸워 수차례 승리를 거둔 탈봇도 결국 죽고 잉글랜드 내부에서 호국경 글로스터 공작과 윈체스터 주교 헨리 보포트(훗날 추기경) 사이 알력이 심해지며 템플 정원에서 양쪽이 각각 붉은 장미와 백장미를 뽑아 랭커스터 가와 요크 가 사이 본격적인 장미전쟁의 시작을 알리고, 헨리 6세는 나폴리 왕이자 앙주 공작인 르네의 딸 마가릿과 결혼한다.

《2부》왕이 마가릿과의 결혼 선물로 앙주와 마인을 장인에게 양도한 것에 격렬한 이의를 제기하는 호국경 글로스터에게 마가릿 왕비, 추기경 보포트, 왕비의 연인 서포크, 그리고 요크가 앙심을 품고, 왕을 해코지하는 마법을 썼다는 누명을 씌워 글로스터 공작부인을 추방하더니, 글로스터마저 체포한다. 살인 혐의로 추방된 서포크가 해적들한테 다시 피살되고, 4막 대부분은 잭 케이드의 반란과 죽음의 장. 5막에서 장미전쟁이 시작되어 헨리 왕, 마가릿 왕비, 서머싯 공작과 늙은 클리포드 영주가 랭커스터 편에 서고 워릭 백작과 그 아들 솔즈베리 백작이 요크와 그 아들들을 지지한다. 1455년 세인트 앨번즈 전투가 벌어지고 서머싯 공작과 클리포드 영주가 전사한다.

《3부》 세인트 앨번즈 전투가 끝나고 헨리 6세가 요크를 자신의 왕위 계승자로 하지만 마가릿 왕비는, 아들 클리포드의 후원을 업고 자신의 적통 왕세자 에드워드를 위해 싸움을 계속. 웨이크필드에서 클리포드가 요크의 어린 막내아들 러틀랜드를 죽이고 요크도 사로잡혀 클리포드와 마가릿에게 모멸당한 후 칼에 찔려 죽는다. 하지만 요크의 두 아들, 훗날 에드워드 4세(치세 1461~83)와 리처드, 훗날 리처드 3세(치세 1483~85)가 1461년 타우튼 전투에서 랭커스터 가문을 물리치고, 여기서 클리포드가 살해당하고 헨리 6세가 체포당하고 왕에 오른 에드워드가 엘리자베스 우드빌과 결혼하자 워릭이 마가릿 편에 합류, 헨리를 풀어주고 에드워드를 사로잡지만 에드워드는 달아났다가 헨리를 다시 사로잡고. 1471년 바넷 전투에서 워릭군을 물리치고 워릭을 죽인다. 1471년 튜크스베리 전투에서 랭커스터 가문이 최종적으로 패퇴하고 헨리 6세의 맞아들 에드워드를 칼로 찔러 죽이며, 리처드는 런던탑으로 달려가 헨리 6세를 죽인다.

장미전쟁을 다루면서 특히, 법률용어가 난립한다. 초기작이지만 탈봇의 절규는 리어 왕을 연상시키기에 족하고, 서포크가 마가릿을 '꼬시'는 이야기는, 그에 비하면 더욱, 지루하고 지리멸렬한 코미디지만, 잠깐 동안의 평화 속이라는 것을 감안하면 그럴 법하기도 하다. 평화란 그런 것이고, 그래서 좋은 거니까. 폴스타프를 뒤집었달까. 그것을 다시 뒤집어 잭 케이드를 그리 심하게 희화화했을까? 서머싯 공작은 헨리 보포트와, 그의 공작 작위를 물려받은 동생 에드먼드를 합친 인물이다.

《리처드 3세》는 기형의 왕이 벌이는, 소름끼칠 정도로 기괴하고 끔찍한 정치의 장이다.

에드워드 4세(1442~1483)는 잉글랜드 최초의 요크 가문 출신 왕으로 1461. 3. 4.~1470. 10. 3 통치 때는 폭력으로 얼룩졌고 잠시 랭커스터 가문에게 밀렸으나 튜크스베리 전투 때 랭커스터 가문을 완전 제압하고 다시 왕위에 오른 뒤 나라를 평화롭게 다스리다가 갑작스레 죽음을 맞은 인물이다. 꼽추 리처드, 훗날 리처드 3세의 맨 처음 독백을 우리는 이 책 맨 앞에서 이미 읽었고 그의 치세는 2년에 불과하다.

에드워드 4세의 임종이 시시각각 다가오고 그의 둘째 동생인 리처드가 왕위를 차지하려면 그와 왕좌 사이 여섯 사람, 에드워드의 두 아들, 즉 왕세자 에드워드와 요크 공작, 그리고 에드워드의 딸 엘리자베스. 리처드의 형인 클래런스. 클래런스의 어린 아들과 어린 딸을 처리해야 한다. 1막에서 리처드는 형 클래런스를 런던탑에 갇히게 만든 다음 다시 손을 써서 죽이는 데 성공하고, 튜크스베리에서 자신의 손으로 직접 죽인 헨리 6세 왕세자 아들 에드워드의 미망인 앤 부인한테 뻔뻔스럽게 구애, 훗날, 놀랍게도, 결혼하는 데 성공한다. 헨리 6세의 미망인 마가릿은 코러스처럼 출몰하며 철천지원수들인 요크 가문 사람들을 저주하는 한편 리처드를 조심하라 경고하고. 에드워드 4세가 죽자 리처드는, 버킹검 공작의 후원을 받으며 왕비파를 공격, 그녀 동생 리버즈 백작과, 그녀가 전 남편 사이에 낳은 아들 그레이 경, 그리고 에드워드의 고명대신 격인 궁내장관 헤이스팅스 경을 죽이고. 에드워드의, 에드워드 5세로 등극이 예정된 왕세자와 왕자 요크 공작을 런던탑에 가두고, 버킹검 공작이 런던 시민을 설득하여 리처드를 왕으로 선포케 하고, 왕에 오른 리처드가 런던탑의 왕세자와 왕자를 암살케 하고, 에드워드의 딸 엘리자베스와는, 자책과 병으로 죽어 가는 아내 앤을 더 빨리 죽게 조치한 후, 결혼하려 계획한다. 클래런스의 딸은 신분이 미비한 신사와 결혼할 것이고, 그의 아들들은 멍청하니 그만하면 되었다. 그런데 왕세자를 죽인 것에 대해 버킹검 공작 마음이 갈팡질팡하고, 리처드가 내치니 버킹검은 헤이스팅스의 친구 스탠리 경의 사위인, 랭커스터 가문의 리치먼드 백작 헨리 튜더, 훗날의 헨리 7세와 합류하려다 사로잡혀 처형되고. 상륙한 헨리 튜더의 군대가 보스위스에서 리처드 군대와 마주친다. 전투 전날 밤 리처드가 죽인 사람들의 유령이 차례차례 나타나 그를 저주하고 그의 패배를 예언하고, 그 예언대로 되고 헨리 튜더가 헨리 7세로 추대된다.

리처드 3세의 찬탈 과정은 속이 빠르고, 헨리 7세 등장 이전까지는 명분도 아름다움도 의리도 비극성도 동반 퇴색하지만, 리처드 3세가 리처드 3세를 기괴하게 여기는 극에 달할 때까지 축적되는 기괴의 과정, 그 기괴의 미학, 즉 기괴의 이미저리와 그럴듯함은, 사례를 찾기 힘들다. 실제 역사에서 마가릿은 장미전쟁 패배 후 그녀 아버지가 몸값을 지불하고 데려갔고 그 뒤 잉글랜드로 돌아오지 않았다.

1955년 올리비에는 자신이 감독 출연한 영화 한 편으로 가장 유명한, 그리고 가장 자주 패러디되는 리처드 3세 배우가 된다. 셰익스피어 《헨리 6세 3부》의 몇몇 장면 및 연설을 시버가 다시 쓴 희곡 '리처드 3세'와 합친 그 영화 대본에는 마가릿 왕비와 요크 공작부인이 아예 없고, 위 리처드의, 유령들의 저주 그 후 독백이 없다. 코미디언 피터 셀러즈는 1965년 비틀즈 음악 특집 TV 방송에서 비틀즈 노래 '고된 하루의 밤'을 올리비에의 리처드 3세 풍으로 읊었고, BBC TV 시튜에이션 코미디 《블랙 애더》시리즈 첫 에피소드 또한 올리비에 영화를 일부 패러디, '자애로운' 리처드가, 셰익스피어 원작 대사를 망가뜨린다. 이제 우리 달콤한 만족의 여름은 구름 뒤덮인 겨울이 되었다 이 튜더의 구름들이 해냈어……. 2002년 영화 《거리의 왕》은 리처드 3세 이야기를 갱단 풍속도로 녹여 내고, 2011년 영화 《왕의 연설》에는 '이제 우리 불만의 겨울은/ 영광의 여름 되었다 이 요크 가문 태양 아들이 해냈어' 대사를 읊는 리처드 3세 배역 오디션이 나온다.

튜더 가문의 첫 왕 헨리 7세(치세 1485~1509)는 1483년 자신의 맹세를 지켜 1486년 요크의 엘리자베스와 결혼, 요크 가와 랭커스터 가를 통합하는 식으로 튜더 왕가 왕권 기반을 탄탄히 다졌고 그의 사망 후 헨리 8세가 순조롭게 왕위를 이어 받았다.

《헨리 8세》는 지문이 셰익스피어 작품 가운데 가장 정교하며, 도버 윌슨 및 소수를 제외한 셰익스피어 학자들이 존 플레처와 합작인 것으로 여기며, 아마도 셰익스피어가 1막 1장과 2장과 4장, 3막 2장 1∼203행(왕의 퇴장까지), 5막 1장을, 플레처가 프롤로그 및 에필로그를 포함한 나머지를 썼을 것이고, 드라마라기보다는 일련의, 각 개인들이 겪는 재앙이나 사건들의 나열이다. 울시 추기경과의 권력투쟁에서 밀려 대역죄로 고발당하고 재판받고 처형당하는 버킹검 공작, 강제 이혼당하고 끝내 죽음을 맞는 캐서린 왕비, 왕과 결혼하는 앤 불린, 그것을 막으려던 음모가 들통 나 실각하고 역시 죽음을 맞는 울시, 캔터베리 대주교에 임명되었다가 윈체스터 주교 가디너의 탄핵을 받지만 왕이 나서서 위기를 모면시켜 주는 크랜머…… 그리고 마지막은 앤 불린과 헨리 8세 사이 태어난 국왕 장녀 엘리자베스, 훗날 엘리자베스 1세의 세례식을 축하하는 일대 소란이고 장관이다.

2. 셰익스피어 '연극=생애' 안팎

튜더 왕조 시대부터 지금에 이르기까지 잉글랜드(영국) 왕실은 일을 크게 세 가지로 나누어 고관에게 각각의 책임을 맡기는바, 왕실 제3위 고관인 사마관(司馬官, the Master of the Horse)이 주로 바깥일을, 제2위 고관인 가령(家令, the Lord Steward)이 음식과 음료, 조명 및 난방 따위 지하 일을, 그리고 제1위 고관 궁내장관(the Lord Chamberlian of the Household)은 지상의 모든 일을 담당한다. 군주의 거처, 의상, 여행, 손님 접대,

여흥 등등. '궁내'는 다시 둘로 나뉘는데, 1) 궁내 사실(私室)은 엘리자베스 1세 여왕 시대의 경우 궁내장관, 부장관, 기사 4명, 기사장(Knight–Marshall), 신사 18명, 궁내관(Gentleman-Usher) 4명, 말구종장(Groom-Porter), 말구종 14명, 고기 써는 사람 넷, 술잔 따라 올리는 사람 셋, 재봉사 넷, 수행 기사 종자(Squire to the body) 넷, 2등 궁내관(Yeoman-Usher) 넷, 시동 넷, 전령 넷, 여왕 전속 목사(Clerk of the Closet) 둘, 그리고 많은 귀족 신분 시녀 및 하녀들이, 2) 알현실은 수행 시하인(Esquire of the Body)들과 더 많은 궁내관 및 말구종들이 관리했다.

셰익스피어는, 모든 배우-공동소유주들이 그렇듯, 궁내장관 직속의 말구종 신분이지만, 월급을 받은 것은 아니다. 잔치 및 공연 따위를 담당하는 일이 헨리 7세 때 상설 부서로 격상되고 책임자가 임명되었는데, 직제상 궁내장관 직속이지만 점차 극장 전반에 폭넓고 독립적인 권력을 행사하게 된다. 공공극장에서는 오후 두 시경 공연이 시작되어 두 시간 혹은 두 시간 반 동안 이어졌고, 개인 극장에서는 어차피 인조 조명이 필요했으므로 더 늦게 시작할 수도 있었다. 포스터 따위로 공연 작품을 홍보했고, 트럼펫을 세 번 불어 공연 시작을, 깃발을 달아 공연 중임을 알렸다. 비극일 경우 천정에 검은 커튼을 매달았다. 극장 입구에서 입장료를 거뒀고, 최상층 관람석 입구에서 추가 요금을 받았다. 세 번째 트럼펫 소리가 울리면 프롤로그가 전통적인 검은 복장으로 등장하고 연극이 공연되는데, 공공극장에서는 아마도 중간 휴식이 없었지만, 개인 극장에서는 음악을 위한 중간 휴식이 있었고, 이 전통을 17세기 초 극장들이 변형된 형태로 채택하게 되었을 것이다. 공연이 끝나면 에필로그가 나와 관객에게 박수갈채를 부탁하고, 지그 춤곡이 이어졌다. 관객들이 빠져나가면 배우-극장주들이 거둔 돈을 계산, 최상층 추가 요금의 반을 임대료로 극장주(아마도 자기 자신들)에게 지불하고 고용 배우들에게 급료를 주고 나머지를 자기들이 챙겼다. 역병과 청교도들이 배우들의 최대 적이었다. 런던은 상인과 장인들, 그들의 도제들과 여행자들의 도시였고 도시를 다스리는 것은 런던 시장, 그리고 12개 복장 조합이 선출한 대표들로 구성된 시 자치체였는데, 역병이 돌면 추밀원이 시 자치체 성화에 못 이겨 극장 폐쇄를 명할 밖에 없었고 그러면 런던 배우들은 지방을 순회하며 지역 터줏대감 극단들과 힘겨운 경쟁을 벌여야 했다. 1584년 배우들은 역병으로 인한 사망자가 주 50명을 넘지 않는 한 공연을 허락하는 게 이치에 맞다고 주장했고 시 자치회는 온갖 원인으로 인한 사망자 수가 3주 연속 50을 넘지 않아야 한다고 답했는데, 1607년에는 역병 희생자 수가 30을 넘을 경우, 그 후에는 40을 넘을 경우 자동적으로 극장 문을 닫았을 것이다.

셰익스피어 사극들을 따라 우리는 곧장 셰익스피어 탄생 직전까지 왔다. 피터 홀의 '완전히 다른 사람이 되는 능력'과 '그 능력을 다룰 수 있는 또 다른 능력'은 물론 역사상 가장 민활한 시적 상상력과 연극 기획력, 그리고 극장 운영 수완을 갖춘 예술가 가운데 하나였던 그를 통해 잉글랜드 역사가 응집, 현재화할 뿐 아니라, 예술-미래화한다. 그리고, 첫 작품《헨리 6세 2부》를 쓰기 시작한 1590년부터 마지막 작품《헨리 8세》를 마친 1613년까지 이어지는 그의 '연극=생애'는 잉글랜드 역사 이전 그리스 신화(《한여름 밤의 꿈》), BC. 1천2백 년 무렵 미케네 문명 그리스인

들이 10년 동안 벌인 트로이 전쟁(《트로일루스와 크레시다》), 소
포클레스(497~406 BC.) 당대인 BC. 491년 무렵 볼스키 족을
이끌고 로마를 공격했으나 아내와 어머니의 간청에 로마를 봐주
고, 오히려 볼스키 족한테 죽임을 당하던 초기 로마 공화국 귀족
(《코리올라누스》), 에우리피데스(469~399 BC.)와 소크라테스
(450~404 BC.) 당대 그리스(《아테네의 타이먼》), 헬레니즘 시
대(《페리클레스》), 로마공화국이 제정으로 넘어가던 시절(《줄
리어스 시저》, 《안토니와 클레오파트라》), 그리고 플루타르크
(46~110) 당대 (《티투스 안드로니쿠스》) 역사까지 응집, 현재
화하고, 예술-미래화한다. 그리고 걸작들은 그 응집, 현재화, 예
술-미래화를 끊임없이, 갈수록 질 높게 추동하는 동시에 끊임없
이 그 추동의 결과물이다.

김정환

1954년 서울 출생. 서울대 영문과를 졸업했다.
1980년 《창작과 비평》에 시 '마포, 강변동네에서' 외 5편을 발표하면서 작품 활동을 시작했다.
시집 《지울 수 없는 노래》 《하나의 이인무와 세 개의 일인무》 《황색예수전》 《회복기》
《좋은 꽃》 《해방 서시》 《우리 노동자》 《기차에 대하여》 《사랑, 피티》 《희망의 나이》
《노래는 푸른 나무 붉은 잎》 《텅 빈 극장》 《순금의 기억》 《김정환 시집 1980~1999》
《해가 뜨다》 《하노이 서울 시편》 《레닌의 노래》 《드러남과 드러냄》 등 20여 권의 시집과,
소설 《파경과 광경》 《세상 속으로》 《그 후》 《사랑의 생애》,
산문집 《발언집》 《고유명사들의 공동체》 《김정환의 할 말 안 할 말》,
평론집 《삶의 시, 해방의 문학》, 음악 교양서 《클래식은 내 친구》 《내 영혼의 음악》,
문학 창작 방법론 《작가 지망생을 위한 창작 강의 일곱 장》,
역사 교양서 《상상하는 한국사》 《20세기를 만든 사람들》 《한국사 오디세이》 등이 있으며,
《더블린 사람들》 《셰익스피어 평전》 등을 번역했다.
2007년 제9회 백석 문학상을 수상했다.

헨리 4세 1부

Copyrightⓒ김정환, 2012

첫판 1쇄 펴낸날 | 2012년 10월 20일
지은이 | 셰익스피어
옮긴이 | 김정환
펴낸이 | 박성규
펴낸곳 | 도서출판 아침이슬
등록 | 1999년 1월 9일(제10-1699호)
주소 | 서울시 은평구 신사동 25-6(122-882)
전화 | 02)332-6106
팩스 | 02)322-1740
이메일 | 21cmdew@hanmail.net
ISBN 978-89-6429-124-5 04840
ISBN 978-89-6429-132-0 (세트)
책값은 뒤표지에 있습니다.